佐川光晴

鉄道少年

実業之日本社

実業之日本社文庫

目次

鉄道少年

プロローグ

「電車の音だ」

そう気づいて眠りから覚めると、列車の通過にともなう振動が伝わってきた。ガタンゴトンと表記されるあの揺れだ。わたしは目をつむったまま、走り抜ける電車の姿を想像した。十両以上の、かなり長い編成で、さらにスピードをあげていく。もしかして、特急列車だろうか？

線路が近くにあると知って喜ぶのと同時に、わたしはからだのあちこちが傷んでいるのに気づいた。とくに後頭部と右肩がひどく痛い。手足は動かせるが、首には輪っかのようなものがはまっている。

こわごわ目を開けると、そこは病室だった。

「どうして、こんなことになったのだろう？」

口に出さずに考えると、頭が締めつけられるように痛んだ。

ドアがノックされて、看護婦さんが入ってきた。

「あら、起きたのね」

笑顔で言うと、看護婦さんは右手をわたしのおでこに当てた。

「熱もさがったみたいね。もう、だいじょうぶよ。少しお水を飲んだら」

看護婦さんが吸い飲みを口に当ててくれたので、わたしはちゅうちゅう吸った。のどがものすごく渇いていて、吸収された水分で全身がうるおっていく。

五歳のときの出来事をそこまで鮮明に記憶しているのは、看護婦さんがきいてきたつぎの質問のせいだ。

「ねえ、坊や。お名前は、なんていうの？」

わたしは答えようとしたが、なにも思い浮かばなかった。

「いいのよ、心配しなくて。それじゃあ、おとうさんとおかあさんのお名前は、わかるかしら？」

看護婦さんは明るくきいてきたが、わたしはさらなる不安におそわれて泣きそうになった。

そのとき、また電車がやってきた。さっきとは反対の方向からで、しかも今度のほうが病院の近くを走っていくらしい。ガタンゴトンという音とともにからだが小きざみに揺れて、わたしは自分の気持ちが静まっていくのがわかった。

「お医者さまをよんでくるから、待っててね」

そう言って看護婦さんが部屋を出ていったところで、わたしの記憶は途絶えている。

失われた記憶をよみがえらせたいという思いは、年齢をへるごとに強まる一方だった。

不安をおさえがたくなると、わたしは電車を見に行った。駅舎や線路を眺めているだけでもいいし、夜通し時刻表の頁《ページ》をめくっていたこともある。

身寄りのないわたしは勉強に励み、社会に出てからも懸命に働いた。しかし、自分は誰なのかという問いが頭から消えたことは一瞬たりともなかった。

半年ほど前、わたしは一つの段ボール箱を偶然開けた。そして、自分が何者なのかをつぶさに知ることになった。ただし、知ったからといって、それを素直に受け入れられるわけではない。

わたしは幼いころの自分を知るひとたちに会おうと思い、最初に誰に会うべきかを真剣に考えた。そして、ひとりの女性に宛てて手紙を書くと、幸いなことに丁寧な返信が届いた。それは段ボール箱の中身によって明かされた内容が事実であることを示していた。

わたしは勇気をふりしぼって女性に会いに行くことにした。

第一話　青函連絡船羊蹄丸

その子どもに気づいたのは、百合子《ゆりこ》が普通船室の桟敷《さじき》席に場所を確保してからトイレに向かったときだった。

「あら、またひとりでいる」

そう思ったのだから、五歳くらいの男の子が一緒の船に乗っていることは、すでにわかっていた。利発そうな、かわいらしい子だとも思っていた。ただ、最初に連絡橋で見かけたとき、百合子は早く列に並ぼうと急いでいたので、ひとりで壁に寄りかかっているその子の姿をちらりと見ただけだった。

半ズボンをサスペンダーで吊った坊ちゃん刈りの男の子は、船内にある航路図を見あげていた。身長は一メートルほどしかないので、背伸びをしながら、首も伸ばして、地図を少しでも近くで見ようとしている。

航路図には、津軽《つがる》海峡が描かれていた。うえには渡島《おしま》半島、したには下北《しもきた》半島と津軽半島があって、そのあいだを一本のラインが結んでいる。

青森港《あおもり》から北に向かって延びたラインは、たてに並んだふたつの半島のすき間を抜けて、函館《はこだて》湾に入ってから右に小さな半円を描く。ライン上には等間隔で赤い電球が並び、船が進むにつれて順番に電球が点灯する仕組みになっていた。

「今はまだ、函館港に停《と》まっているから、一番うえの電球が点《つ》いているのよ」

百合子がうしろから声をかけると、男の子が彼女をふりあおいだ。二重まぶたの大きな目が、見知らぬ女性を認めてさらに大きく見開かれた。

「ごめんね、おどろかせて」

やさしくあやまりながら、百合子はあたりを見まわした。男の子の親がいたら、会釈くらいはしておいたほうがいいと思ったからだが、普通船室にそれらしい大人の姿はなかった。

男の子に、誰と一緒なのかを訊《き》こうとしたとき、スピーカーから〈蛍の光〉のメロディーが流れ出した。

十五時五分発の青函《せいかん》連絡船は、十八時五十五分に青森港に到着の予定だった。〈蛍の光〉が終わり、汽笛が鳴った。頭上の響きが船内の空気までふるわせて、長く尾を引いた汽笛の音が消えかけたところで、船が動き出した。

汽笛は何度聞いても悲しみをさそわれると百合子は思い、そこでトイレに行こうとしていたことを思い出した。

「じゃあ、またあとでね」

そう言いかけて視線を落とすと、男の子はいなかった。

「えっ、ウソでしょ」

大きな声が出てしまい、百合子は両手で口をふさいだ。トイレから出たあとも、あたりに目を向けてみたが、男の子はどこにもいなかった。

船は波のうえを進み始めていた。きっとグリーン船室にいる親のところに戻ったのだと思ったが、本当にそうだろうかとの不安は去らなかった。

百合子は新鮮な空気を吸おうと甲板に出た。

十月も半ばをすぎて、遠ざかってゆく函館山は見事な紅葉だった。傾きはじめた日差しを受けて、海に浮かぶ山は明るく輝いていた。

函館のほうが北にあるのに、青森よりも暖かく感じられるのはなぜなのだろう。気候だけでなく、ひとの気質も函館のほうが開放的だった。明治の開国と同時に外国人が住みつき、かれらによって建てられた教会や洋館は今も街のあちこちに残っていた。

弘前《ひろさき》で育った百合子が初めて函館を訪れたのは小学五年生の遠足でだった。ちょうど今ごろの季節で、そのときは坂ばかりの小さな港町にしか見えなかった。五稜郭《りょうかく》も、ちっともお城らしくなくて、まるで興味をそそられなかった。

それが去年の春に、ほぼ二十年ぶりで津軽海峡を渡ってから、百合子は函館を訪れるたびに悔しい思いをした。北に向かうほうがはるかに簡単だったのに、どうして東京を目ざしてしまったのか。

久見子《くみこ》は知っていたのだ。わざわざ東京に出なくても幸せにやっていけることを。

高校生のころ、久見子はよく言っていた。

「わたしは百合子とはちがうの。勉強はそんなに好きじゃないし、都会にも興味がないの」

久見子の家は、弘前の開業医だった。久見子の兄は、両親の期待にこたえて医学の道を志した。久見子だって、頭のできからすれば医者になれただろう。それなのに、花嫁養成所のような短大に進み、二十一歳で函館の良家に嫁いでしまった。

東京の大学に進んでいた百合子は、久見子から届いた結婚の知らせにひどく失望した。せっかくの能力を社会で発揮しようとしない臆病さに我慢がならなかった。

百合子は新聞記者を志望していて、アメリカ留学をひと月後に控えていた。

一九七五年のことで、円が米ドルとの固定相場制から変動相場制に移行してまだ二年だった。海外に行くことがめずらしくて、地元の弘前でもずいぶん噂《うわさ》になったという。もっとも、そのころの百合子は、自分が青森県で育ったことを忘れていた。

公費による留学生として三ヵ月をすごしたアメリカで、百合子は時間を見つけては新聞社やテレビ局を見学した。男性社員と互角に働く女性たちの姿に感激した彼女は、帰国後に狭き門を突破して、全国紙の記者として採用された。同期入社は十名で、女性はひとりだけだった。

一般企業では、女子学生は自宅生でないと書類審査で落とされていた時代で、結婚後の寿退社が当たり前とされていた。女性が定年まで働けるのは、マスコミのほかは学者か教員くらいしかなかった。

「あれから、六年しか経《た》っていないのに」

函館山はすでに見えなくなっていた。潮風が冷たかったが、百合子は船室に入ろうとしなかった。波は少し高めで、からだが上下左右にゆっくり揺れた。

深夜の連絡船なら、ほとんどの乗客は寝てしまう。それが夕方の便だと桟敷席では酒盛りが始まり、決まって酔っ払いが声をかけてくる。座席ならそんな目にあわずにすむが、丸二日以上も列車と船に乗り続けたあとなので、できればカーペットに寝ころびたかった。

百合子は舷《げん》から波を眺めた。海は好きだが、困るのは際限なく物思いにふけってしまうことで、酒盛りにまじってお酌をしているほうが楽だと思うこともあった。

新聞記者になって三年目に、百合子は建設中の青函トンネルを取材するチームに抜擢《ばってき》された。

全長五十三・八五キロメートルに及ぶ世界最長の海底トンネルを建設し、本州と北海道を鉄道で結ぶ計画は、すでに本坑の掘削工事が進んでいた。ただし、たびたび死亡事故が起きるなど、問題点も指摘されていた。

詳しく調べていくと、コスト面でも問題を抱えていることがわかった。首都圏から北海道に向かうビジネスマンや観光客は、すでに飛行機を利用するのが一般的になっていた。北海道新幹線の建設計画も凍結される可能性が高く、そうなれば青函トンネルが開通しても鉄道による旅客の大幅増は見込めない。トンネル内に湧《わ》き出してくる地下水を排出するための費用も多額にのぼると見られていて、地域振興どころか国鉄の慢性的な赤字を膨らませるだけではないのか。

青函トンネルを建設するきっかけになった一九五四年の洞爺丸《とうやまる》遭難事故にしても、

気象衛星がなく、気象予報も未熟だった時代だから起きてしまった悲劇である。類似の海難事故が発生する可能性は極めて低く、近年はフェリーも高速化している。危険な工事で人命を損ない、一兆円近いお金をかけてまで、遅かれ早かれ貨物列車専用となるにちがいないトンネルを造る意味がどれだけあるのか。

青函トンネルの建設に正面から疑問を投げかけた初めての記事で、反響は予想以上に大きかった。初回の月曜日は一面で、火曜日からは二面にまわったものの、八段抜きの記事が土曜日までの六日間にわたって連載されるという異例の扱いだった。百合子の取材で明らかになった事実も多く、デスクから金一封をもらった。中身は社員食堂のチケットだったが、お手柄だと褒められて、彼女は得意だった。

一方、弘前では、百合子の父と兄が窮地に立たされていた。彼女の実家は工務店で、青函トンネルの建設には直接タッチしていなかった。ただ、取材に際して、父や兄に工事関係者や県庁の担当者を何人も紹介してもらっていた。

世界一の海底トンネルだと持ちあげるだけでは新聞記事にならないにしても、「巨額の税金を使った砂遊びに等しい」とか、「今からでも遅くはないので、トンネルの入り口を蓋《ふた》でふさぐことも真剣に検討すべきだ」とまで書かれたら、誰だって怒るだろう。

どなり込んでくるひとこそいなかったものの、父と兄が営む工務店は仕事の依頼が激減したという。

そのことを百合子に知らせてきたのは兄の嫁だった。義姉は高校の一学年うえで、英語演劇部の先輩でもあった。

義姉によれば、かろうじて生活は成り立っていて、夫もいずれはほとぼりが冷めると落ちついたふうをよそおっている。ただ、義父も夫もあなたを許さないと言っているので、当分は弘前にあらわれないほうがいいと思う。

丁寧な楷書《かいしょ》でつづられた手紙を読み、百合子は弘前の家族に申しわけなく思った。しかし、決して間違ったことをしたわけではないと、自分に言い聞かせた。

そのころ、百合子には恋人がいた。代議士の秘書で、政治家を志している五歳うえの男性だった。取材を通じて知り合い、結婚の約束も交わしていた。次回の衆議院選挙では党の公認候補として立候補する話も持ちあがっていた。

「仕事を辞めて、僕を手伝ってほしい」

これまで二度懇願されたが、百合子はもう一年新聞記者をしたい、あと半年だけ記事を書かせてほしいと言って、相手を待たせてきた。

彼女の誕生日に合わせて、彼からレストランを予約したとのさそいがあった。もう先延ばしはできないと、百合子は退社する決心をした。ところが、切り出されたのは別れ話だった。一方的に別れを告げる相手に理由を言ってほしいと詰めよると、弘前の実家との関係をただされた。

「ご両親や、ご兄弟とのあいだがこじれているようじゃあ、政治家の妻としては失格なんだ」

古くさいことを本気で言っているらしい男に興ざめがして、百合子は別れを受け入れた。

「それなら、ジャーナリストとして生きてみせる」

覚悟を決めたのも束《つか》の間、彼女が色仕掛けで国会議員やキャリア官僚から機密情報を聞き出そうとしているとのゴシップが流れた。事実無根だとデスクに訴えたものの、一度たった噂は簡単にはぬぐえず、出版部への異動を命じられた。

「いやです。受けいれられません」

自分を取り立ててくれたデスクに向かって抗議するうちに、百合子の目からは涙がこぼれた。動悸《どうき》がして、胸が苦しくなり、立っていられなくなった。

その後のことはよくおぼえていなかった。百合子は自分の部屋に籠《こも》って、外出する気力もなく、毎日泣いてばかりいた。

ある日、義姉が部屋に来て、弘前につれて帰ると言った。

「いやよ、もう二度と帰ってくるなって言ったのは、あなたじゃない」

身をよじって拒みながらも、百合子はしたがうしかないとわかっていた。

弘前の病院に入院してひと月が経ったころ、久見子が訪ねてきた。十年ぶりに会うかつての親友は、やさしそうな母親になっていた。

「ねえ、函館にあそびにいらっしゃいよ」

「それがいいわ。気分転換に行ってらっしゃい」

同席していた義姉も賛成してくれた。あとから思えば、あらかじめ相談ができていたのだろう。

つぎの日の午後、百合子は久見子につきそわれて青函連絡船に乗った。グリーン船室の指定席で、久見子が持ってきた白ワインとチーズを味わっているうちに眠ってしまった。

久見子の嫁ぎ先は果樹農家だった。果物を収穫するだけでなく、ジャムを作って販売している。りんご、すもも、さくらんぼ、なかでもハスカップは貴重品で、北海道でも栽培に成功している農家は一、二軒しかない。北大農学部卒の夫は在学中から研究を重ねて、ようやく数年前に木々が実をつけるようになったのだという。

「ハスカップ？　なに、それ」

百合子は高校時代と同じ遠慮ない調子で久見子にたずねた。

函館山の中腹にある家は木々に囲まれた洋館で、夫の祖父が建てたという。居間のテーブルや食器棚はマホガニーだった。

「今は季節じゃないから」

久見子が小さなビンのふたを開けて、百合子にすすめた。あざやかな紫色のジャムをスプーンですくい、百合子は口に入れた。

「すっぱい」

強い酸味におどろいたが、ビタミンが豊富らしく、ほんのひとなめしただけで目がさめた。それどころか、からだ中の血液がスムーズに流れていくようだった。

「ハスカップを、不老長寿の実だって信じているひともいるのよ」

「どうりで久見子が若いわけだわ。四人も子どもがいるのに」

不老長寿の実なんてあるはずがないと思いながらも、目の前にいる親友はたしかに若々しかった。

うえの二人はもう小学生になっていて、そのしたに四歳と二歳の子どもがいて、女・女・男・女の順だという。

その晩は、ご主人の両親や妹も含めた総勢九名の家族と食事をした。久見子が十年をかけて築いてきた家庭は円満そのものだった。百合子もあたたかく迎えられたが、お付き合いはこれきりにしたいと思った。

ところが、百合子は一週間後にふたたび連絡船で函館を訪れた。

前回とちがい、彼女はスーツケースをたずさえていた。留学先のアメリカで買ったもので、銀色のボディーには帰国時に貼られたステッカーが残っていた。

久見子の家に立ち寄ると、百合子はそのまま函館駅に戻って青森行きの連絡船に乗り、さらに夜行の寝台特急で上野を目ざした。そして、東京駅のそばにあるビルの一室でスーツケースを開けた。

ハスカップを不老長寿の実だと思っているひとは本当にいた。がんの特効薬だと信じているひともいて、そうでなければわずか一五〇グラムのジャムに一万円も払いはしないだろう。

「これをほしがっているひとたちは、ほかにもたくさんいてね。もっと作るように、あなたからもすすめてください」

八十歳近いと思われる老人は笑顔で言い、秘書らしい女性が代金の入った封筒を差し出した。

「これはあなたへのおこづかい。むき出しで悪いけど」

老人に一万円札を握らされて、百合子は空になったスーツケースを引いて上野駅に向かった。きっと、あの小ビンに数倍の値段をつけて、金持ちの仲間たちに分けているにちがいない。

そのまま一晩かけて函館まで戻り、百合子は久見子に封筒をわたした。すでに交通費込みで十万円をもらっていて、東京駅まで運んだハスカップジャムのビンは五十個だった。久見子は売り上げの二割を運送代として支払ったわけで、それは良心的な額だと思われた。

一九八〇年代に入るまで、物流の中心は鉄道だった。トラックによる宅配は今ほど発達しておらず、荷物は郵便小包か鉄道小荷物で送るのが一般的だった。函館から東京までは日数がかかるうえに、ビンが途中で割れる危険性もある。多少の出費をしてでも、ひとが運ぶほうが確実だし、代金も間違いなく受け取れる。これまでは久見子の夫がしていたが、いろいろと忙しく、代わりのひとを探していたと頼まれて、百合子はハスカップジャムの運び屋を引き受けたのだった。

百合子は二回目からは周遊券を買った。別料金を払わずに乗れるのは急行の自由席までだが、「八甲田《はっこうだ》」・「津軽《つがる》」・「十和田《とわだ》」といった、上野《うえの》と青森を結ぶ夜行の急行列車が毎晩何本も運行していた。

ふた月に一度、百合子は函館から東京までハスカップジャムを運んだ。往復で三日間も列車と船に揺られるのはつらかったが、一回十万円は魅力だった。

百合子は新聞社を退職して、青森市内のアパートでひとり暮らしをしていた。通信教育の採点や小論文の添削が主な仕事で、新聞の折込チラシの作成と合わせても収入はすずめの涙だった。予備校で英語の講師をしないかとのさそいもあったが、大勢の生徒を相手に授業をする自信はなかった。

弘前の実家には、出入り禁止のままだった。義姉が何度もかけあってくれたが、父と兄は彼女を絶対に許さないという。母も、父が許さないうちは会えないと言っていたと聞き、百合子は臆病な目をして一日中掃除や洗濯をしていた母の姿を思い出した。

「あんなふうになりたくなかったから、絶対に東京の大学に進学してやると決めて、毎晩おそくまで勉強したのに」

最後は悔しさにくちびるを嚙《か》んだが、母を厭《いと》う彼女の気持ちに変わりはなかった。

青森→函館→東京→函館→青森という手間のかかる往復は今回で八度目だった。お金にはなるが、百合子はいつも東京に行くのが怖かった。新聞記者時代の知り合いに会って、今の落ちぶれた姿を見られたくなかった。

全国紙の記者として華々しい活躍をしているはずだったのに、どうしてこうなってしまったのか。恨みがましい気持ちがつのり、一睡もできないまま青森から上野まで列車に揺られたこともあった。

百合子は車中で食事をしなかった。同じボックスのひとが弁当を食べているときは席を立ち、デッキの窓から夜の景色を眺めた。

夜行列車の座席は、女性同士でかけることが多い。行商のおばさんたちが声をかけてきても、百合子はろくに返事もしないので、すぐに相手にされなくなった。

ところが、昨晩上野から乗った急行八甲田で、彼女は向かいの席にすわったおばさんに揺り起こされた。

「どした、あんた。大丈夫け？」

おどろいて目をさますと、さっきからずっとうなされていたと言われた。四人がけのボックス席に二人ですわっていて、上野を出たときから自分でも熱っぽいと思っていた。

「すみませんでした」

「すごい汗だよ。熱があんでないの？」

津軽弁ではない東北の方言で心配されて、百合子が額と胸に手を当てるとどちらも汗でぬれていた。ただ、汗をかいたせいで熱はいくらかひいたようだった。

「すみません、ちょっと着替えてきます」

「ああ、そうするとええ」

やさしく、頼りがいのある声で言われて、百合子はようやく相手を見た。車内は消灯していたが、深いしわの刻まれたおばさんの顔には心からの心配が見てとれた。百合子は丁寧にお辞儀をして、足元においていたバッグから替えのシャツを出した。通路を歩いていくと、シートに横たわったひとたちの寝息が聞こえた。行商の帰りらしいおばさんたちが多かった。ワイシャツにスラックスの男性はセールスマンだろうか。午前三時になるところで、起きているひとはいなかった。

昨日の午後七時すぎに上野を発《た》ってから、このひとたちと同じ車両で旅をしてきたのだ。百合子はそのことに初めて気づき、足音を立てないようにして洗面所に向かった。

自分の席に戻ると、おばさんは水筒のお茶を飲んでいた。三十分後に着く予定の盛岡駅で降りるという。

「なんにもないけど、これを食べて」

差し出されたタッパーのなかは身欠きニシンで、百合子はすすめられるままに手を伸ばした。うすくスライスされた褐色のニシンを指でつまみ、隅に盛られた赤味《あかみ》噌《そ》をつけて口に入れる。前歯で嚙むと、懐かしい歯ごたえにつづいて、ニシンの味が口いっぱいに広がった。

「どした？」

おばさんを心配させてはいけないと思いながらも、百合子は流れる涙を止められなかった。

「十数年ぶりで食べたもので、身欠きニシンを」

「そうなの。それだば、これさおいでぐがら」

おばさんは広げたチリ紙にタッパーの中身を空けると、両手で百合子にわたした。やがて列車は盛岡駅に停《と》まり、おばさんのほかにも同じ車両から数人が降りた。

車内にアナウンスは流れず、ホームでもベルは鳴らない。列車は静かに動きだし、百合子は名前も知らないおばさんに向けて頭をさげた。

青森駅には六時十七分に着き、乗り継ぎの青函連絡船は七時半に出航した。これまでなら、久見子に会えばいやでも感じる引け目と、青森に戻ってからの単調な生活を想像してイライラがつのるのだが、百合子はいつになくおだやかな気持ちで津軽海峡を北に向かった。

「あら、なにかいいことでもあったの？」

久見子にすかさず見抜かれたが、百合子は首を横にふった。

列車のなかで、たまたま同じボックスになったおばさんからもらった身欠きニシンがおいしかったのは本当だが、それしきのことで機嫌がよくなったと思われるのは癪《しゃく》だった。

「はい、これ」

百合子がつっけんどんに封筒をわたすと、受け取った久見子はそのまま手元においた。

「ちゃんと数えて。あとで足りなかったと言われても困るから」

「わかったわ」

いつものやりとりのあと、まったく世話が焼けるという顔でお札を数えていく友人の姿を横目で見ながら、百合子は早くひとりになりたいと思った。

「ねえ、お昼を食べていって。今日はめずらしくみんな出ていて、気兼ねなくおしゃべりができるから」

うえの二人は小学校で、したの二人は夫と夫の両親が遊園地につれていっている。

こんな日は年に一度あるかないかだとさそわれても、仕事がたまっているからとウソを言って、百合子は坂の多い街をひとりで歩いた。スーツケースは久見子にあずけていたので、函館からの帰りは身軽だった。

もちろん久見子には感謝していた。列車と船で函館と東京を行き来するうちに昨夜のような出会いが訪れると、久見子はわかっていたのかもしれない。それに、いくら貴重な品物を運ぶとはいえ、一回十万円もの手当をくれるのも、こちらの生活を考えてのことなのだろう。

正直に言えば、ここまで親友の世話になるのはいい気分ではなかった。そうはいっても弘前の家族とのあいだはこじれたままだし、今の逼迫《ひっぱく》した生活から抜け出すメドも立たなかった。

そうした気持ちを抱えて、青森行きの連絡船に乗ろうとしたとき、百合子は連絡橋の壁にもたれかかる男の子に気づいたのだった。

「あの子は、どこに行ったのだろう?」

頭のなかで唱えながら、船室に戻ろうとふりかえると、すぐそこに男の子が立っていた。

「えっ」

百合子はおどろいて、男の子をまじまじと見つめた。二重まぶたの大きな目で見つめかえされたが、今のあらわれかたといい、さっきのいなくなりかたといい、まぼろしを見ているのかもしれないと、百合子はわが目を疑った。

男の子の頭をなぜてみようかと思ったが、思い直してその場にかがみ、百合子は右手で男の子の左手を握った。

やわらかくあたたかな感触に、彼女の心臓が大きな音を立てた。

「あなた、お名前は？」

男の子は答えなかった。

「歳《とし》は、いくつ？　五つかしら」

男の子は百合子を見つめたまま、頷《うなず》きもしなければ、首を横にふりもしなかった。

百合子はため息を飲み込み、これで最後にしようと、精一杯やさしく訊いた。

「誰と一緒にお船に乗ってるの？　おかあさんかな」

すると、男の子は右手で百合子を指差した。

「あたしは、あなたとさっき初めて会ったのよ。あなただって、あたしを知らないでしょ」

あわてて抗議する百合子を、男の子は黙って見ていた。悲しそうでもなく、親しげでもなく、そうかといってずるそうなところもない。

「キップは、持ってるの？」

思いついて彼女が訊くと、男の子が首を横にふった。

ようやくコミュニケーションがとれて、安堵《あんど》した百合子が笑顔になると、男の子も同じくらいの笑顔を見せた。

「いいわ、行きましょう」

男の子と手をつないだまま、百合子は普通船室に戻っていった。こんな幼い子どもがひとりで青函連絡船に乗るはずはないのだし、この子をつれてきたひとがいないなら、それこそ迷子ということで、船から降りるときに乗組員に託せばいい。

さっき見かけた乗組員は上田《うえだ》さんだった。兄の友人で、言葉は交わさなかったが、この子とあたしの両方を見て、頷くようなそぶりをした。あたしの子どもだと勘違いしているのかもしれないが、事情を話せばわかってくれるはずだ。

落ちついて考えてみれば、あわてる必要もないことで、百合子は場所をとっておいた桟敷席の一角に男の子と一緒に腰をおろした。

「喉《のど》が渇いてるんじゃない？」

水筒のアイスティーをカップについでわたすと、男の子はおいしそうに飲みほした。

「もしかして、おなかも空《す》いてる？」

久見子がお昼用に作っておいて、一緒に食べないなら船のなかで食べてとわたされたサンドイッチを広げたとたん、男の子の手が伸びた。目ざとくハムとチーズをはさんだパンを選び、一心不乱に食べている。

その姿を見るうちに、この子は本当に迷子なのではないかと、百合子は心配になった。

小学三年生の夏休みだから、二十年以上も前になるが、同級生の男子が家出をした。母親のいない父子家庭で、それまでも一日二日いなくなることがよくあったから、最初の一週間くらいは父親も近所のひとたちも心配をしなかったらしい。それが十日がすぎても音沙汰《おとさた》がなく、姿が見えなくなってから丸二週間になったところで学校に相談があり、警察に捜索願を出すことになった。

百合子や久見子の耳に入ったのはそのころだったが、まるで心配する気にならなかった。あの子のことだから、どこかで誰かの世話になっているのだろうと、二人で話したのをおぼえている。

実際、その子は秋田でテキ屋のおやじさんに面倒をみてもらっていたという。そして、夏休みの最終日にひょっこり弘前に戻ってきた。

なんとも平和な時代で、今の小学生が同じような家出をしたら、世話をしたテキ屋のおやじさんは誘拐犯と間違われて、警察で取り調べを受けていたにちがいない。

そんな昔の出来事を思いかえしていると、おなかがいっぱいになった男の子が彼女にもたれかかってきた。二人ともカーペットに脚を伸ばしていたし、百合子も三日間の旅の疲れが出て、そのまま眠りに引き込まれた。

肩を揺すられて目をさますと、船長のような帽子をかぶった乗組員が目の前に立っていた。

「みなさん、もう船を降りられましたので。お急ぎください」

あわてて立ちあがろうとした百合子は男の子に腕をつかまれた。

「すみません」

「あの、この子は……」

あたしの子どもではないのです、と訴える間もなく、兄の友人ではない乗組員にせかされて、百合子は男の子の手を引いて連絡船を降りた。

桟橋から連絡橋へと歩きながら、誰かがこの子を迎えに来ているのではないかとの期待は、ほどなく裏切られた。

「ねえ、どうしてお船に乗ったの？　あなたのおうちは北海道、それとも青森？」

百合子がもう一度同じ質問をしても、返事はなかった。

「教えてくれないなら、おまわりさんのところに行くわよ」

「しかし、あなたは警察には行かなかった」と言って、わたしはソファにすわった百合子さんを見つめた。髪には白いものが目立ち、化粧気のない顔にしわが何本も刻まれていた。

「そうだったわね。青森駅の構内には派出所があったのに、あたしはその前をすどおりした。それで、どうしてだったか忘れてしまったけど、その子と、つまり五歳だったあなたと一緒に電車に乗って弘前に行ったの、新寺町《しんてらまち》の実家に。いったい、どういうつもりだったのかしらね」

百合子さんはしばらく考え込んでから、カップのコーヒーに口をつけた。つづいてタバコに火をつけて、せわしなく吸った。わたしが神田神保町《かんだじんぼうちょう》にある出版社・二月書房《にがつしょぼう》の事務所にお邪魔をしてから八本目のタバコだった。十月の半ばすぎで、暖房を入れていない夕方の部屋は少し寒かった。

「先日、函館まで行って、青函連絡船に乗ってきたんです」

わたしが告げると、レンガ色のカーディガンを着た百合子さんはおどろいて目を見開いた。

「ちがいます。展示用に函館港に係留されている摩周丸《ましゅうまる》の船内を見学しただけです。八八年三月十三日に、青函連絡船は廃止になりましたから」

残念ながら、わたしに津軽海峡を渡ったときの記憶はなかった。合わせて六往復もしているというのに、なにひとつおぼえていない。百合子さんのこともおぼえていなかったが、三十年ぶりにお会いして、どこか懐かしい気もしていた。

「あたしが連絡船に乗ったのは、あのときが最後だった。あとで調べたら、あたしたちが乗ったのは羊蹄丸ですって。摩周丸じゃなくて、羊蹄丸を残しておいてくれたらよかったのにね」

「ご存知ですか。羊蹄丸と摩周丸は同型の船で、船体の塗装の色だけがちがっていた。摩周丸が青で、羊蹄丸が赤です」

わたしが教えると、百合子さんはタバコの火を灰皿でもみ消した。

「知らなかったわ。船の色なんて気にしたこともなかったから。連絡船の名前だって、あなたとのことがあったから、初めて気になったのよ。列車もそう。一晩中揺られていても、自分が乗っている車両の種類なんて考えたこともなかったわ」

「もう一度お教えしましょうか、当時の急行八甲田に使われていた客車は……」

「いいわよ、どうせおぼえられないから」

「そうですか」

「でも、それじゃあ、東室蘭《ひがしむろらん》駅にも行ったのね？」

「いいえ、函館までです」

「どうして？　せっかく北海道まで行ったのに」

わたしが返事をしないでいると、百合子さんもそれ以上はたずねてこなかった。午後五時になるところで、百合子さんは六時にひとと会う約束があると言っていたから、そろそろお暇《いとま》したほうがよさそうだった。

当時、幼いわたしがどうしてひとりで旅をしていたのかは、事前に送った手紙につぶさに書いておいた。五歳より前の記憶を無くしてしまったわたしが、自分がおぼえていない事柄を詳しく知っている理由も記しておいたが、百合子さんはわたしの口から今日に至るいきさつを聞きたいと言った。

わたしの話につづいて、百合子さんがあのとき、どんな事情を抱えて羊蹄丸に乗っていたのかを話してくれた。午後二時にうかがってから、文字どおりあっという間の三時間だった。

「あなたには申しわけないけど、おかげであたしは三十年来の謎がとけたわ。青函連絡船のなかでは、操舵室にいたなんてね。どうりで、いくら船室を探しても見つけられなかったわけだわ」

そう言うと、百合子さんは新しいタバコに火をつけて、斜めしたに向けて煙を吐いた。

「さっきも言ったけど、あたしはあなたを座敷わらしの仲間だと思ったの。だって、いると思ったら消えて、消えたと思ったらあらわれて。そのうえ、翌朝起きたら、あなたはいなくなっていたんだもの。おまけに、父も母も兄も兄嫁も、そんな男の子なんていなかったって言うじゃない。晩ごはんを一緒に食べて、座敷でお相撲をとったり、鬼ごっこをしたりで夜おそくまでにぎやかに遊んだのに。そもそも、あたしがあなたをつれて実家に行ったこと自体、どうかしてたのよ。そうしたら、びっくりするくらい歓迎されて。だって、ありえないでしょ。勘当同然だった娘が、とつぜん五歳くらいの男の子をつれてあらわれたら、子どもの父親は誰なんだって問い詰めるのが当然じゃない。それが父も母も、娘がかわいい孫をつれて里帰りしたみたいな迎えかたで。あたしも疲れていたし、なにがなんだかわからなくなっていたから、それなら勝手にそう思っておけばって感じだった。でも、あなたをお風呂に入れているときは幸せだった。夢なのか、現実なのかわからなかったけれど、自分の人生に幼い子どものからだを洗ってあげる日が来るなんて、思ってもみなかったから。ごめんなさい、あなたのほうがずっと大変な境遇で生きてきたのに。それに、結局役に立てなくて」

百合子さんは立ちあがり、洗面所に向かった。

わたしは事務所のなかを見まわした。出版社に縁がないわけではないので、机に積まれたゲラの束や窓にびっしり貼られたメモ用紙を見てもおどろきはしなかった。百合子さんは、青森から東京に戻った当初は写真週刊誌のアルバイト記者から始めて、やがて自分の出版社を興した。二月書房は、時流に媚《こ》びず、少部数の随筆集や凝った造本の詩集を出している知るひとぞ知る出版社だと、ウィキペディアには記載されていた。

あのとき、青函連絡船のなかで出会ったことが、百合子さんが立ち直るきっかけになったのなら、わたしも嬉《うれ》しかった。ただし、百合子さんから詳しい話を聞かされても、わたしの記憶はよみがえらなかった。

「ごめんなさい、お待たせして」

洗面所から戻った百合子さんは腫《は》れぼったい目をしていた。

「そろそろお暇しますす。そういえば、函館駅の土産物売り場にはハスカップジャムが並んでいました。今では、普通に食べられるようになったんですね。いつか、機会があれば、お土産に持ってきます。今日は、お忙しいなか、お時間を取っていただき、ありがとうございました」

わたしは一礼して、ソファから立ちあがった。

「お土産なんていいから、またいらっしゃい。それで、鉄道の話を聞かせてちょうだい。面白い仕事ね、電車の検査技師なんて。それも、修理や点検が済んだあとに、最終チェックをする役なんて、いかにもあなたにピッタリだわ。ええと、なんて言うんだったかしら」

百合子さんが苦笑いをして、わたしは答えた。

「非破壊検査です。検査対象を壊さずにするので、非破壊検査。妊婦のおなかをエコーで見るのと同じ技術です」

「そうだったわね。ダメね、ものおぼえが悪くて。からだに気をつけて、働いてちょうだい。奥さんの安産を祈ってるわ」

「ありがとうございます」

挨拶《あいさつ》をしてドアを出ようとすると、百合子さんがついてきた。

「そこまで送るわ。あのときも、翌朝目をさましたらあなたがいなくなっていて、あたしは本当に気を失いかけたのよ。おまけに、家族はみんな、あたしはひとりで来たって言ってね。おかげで気が変になったんじゃないかって不安になって、どういうことなんだろうって考えるうちに、あの子は座敷わらしの仲間だったんだって思いついたの。子どものころによく聞いていたし、座敷わらしだってわかったら、すっかり腑《ふ》に落ちてね。いやね、この話はさっきもしたわね」

わたしは百合子さんと一緒にエレベーターに乗り、地上に降りた。白山《はくさん》通りに面した歩道は古本市でにぎわっていた。いつもなら鉄道関係の掘り出し物を探すところだが、今日は気持ちが満ち足りていた。

北風が吹いて、古本を眺めているひとたちが首を縮めた。東京でこの寒さなら、津軽海峡はどんなに寒いだろう。

駿河台《するがだい》の坂に向かって歩きながら、わたしは最初に訪ねたのが百合子さんでよかったと思っていた。

第二話　中央線快速電車

わたしがふたたび東京に出てきたのは、百合子さんを神田神保町の出版社に訪ねてから二ヵ月後だった。

その間も、三度の出張で、わたしはあわせて六回、東京駅で新幹線の乗り降りをした。いずれも急ぎの仕事だったので、つぎに訪ねるつもりの高柳《たかやなぎ》さんの家がある中野《なかの》まで足を延ばすだけの時間はなかった。

もっとも、実際に訪問をするのは十二月になってからと決めていた。百合子さんのときもそうだったが、なるべく三十年前と同じ季節にそのひとと再会してみようと、わたしは考えていたからだ。

毎年のことだが、師走《しわす》に入ると土日も関係のない忙しさになる。それでも、わたしは無理を言って休みをもらった。第一週に、仙台《せんだい》にある新幹線総合車両センターへ出張の予定が入っていたので、金曜日の晩は東京に泊まり、土曜日の昼間に高柳さんのお宅を訪ねようと計画を立てた。

妻の友紀子《ゆきこ》には、仙台のあとにJR東海《とうかい》の浜松《はままつ》工場で新幹線の定期検査を一日だけ手伝い、土曜日の晩に大阪《おおさか》に戻るとウソの予定を伝えた。妻に隠し事をするのはいいことではない。身重なら、なおさらだ。そんなことは百も承知だが、今年の七月に思いがけないかたちで知った自分の過去が事実なのかどうかをたしかめないことには、わが子の誕生を心から喜べない気がしていた。

今回は、あらかじめ手紙で事情を知らせるつもりはなかった。誰にでも信じてもらえる話ではないのだし、百合子さんのときも、彼女の人柄や仕事についてできるかぎり調べたうえで、わたしは手紙を書く決心をした。

百合子さんから当時の話を聞けて、わたしはあの段ボール箱のなかの六本のカセットテープに吹き込まれていた内容は事実だったと確信することができた。同時に、最初に会うひとを百合子さんにして本当によかったと思った。

幼いころのわたしに関わったとされるひとのなかには、決して会いたくないひともいた。また、会いようがないひともいた。

当時の、わたしの旅を記録した「鉄童《てつどう》日誌」には、「福士《ふくし》百合子」の名前と共に、弘前市新寺町にある福士家の住所が記されていた。羊蹄丸の乗組員に百合子さんのお兄さんの友人がいたため、乗組員たちは彼女がわたしをつれていくのに任せたとの記述もあった。

そこで、試しにインターネットで検索してみたところ、実際にヒットしたので、百合子さんの連絡先がわかったのである。

幸先がいいと喜びつつも、わたしは二月書房から刊行されている随筆集と詩集を一冊ずつ買って読んでみた。ふだん鉄道関係以外の本は読まないが、内容も造本もすばらしいと思った。そこまでしたうえで、わたしはようやく六本のカセットテープに吹き込まれていた内容を伝える手紙を書く気になったのだった。

高柳さんに手紙を書かないのは、彼を信用していないためではなかった。かつて若者たちのカリスマと呼ばれたミュージシャン高柳ユージは七年前に亡くなっていたからだ。

高柳ユージが中央線快速電車のなかで幼いわたしを見かけたのは二十五歳のときで、十七歳でデビューしたシンガー・ソングライターは音楽活動に行き詰まっていた。丸一年以上も新曲が出せず、予告されたコンサートツアーも直前になって中止が発表されて、復活を願うファンを落胆させた。

持病の不眠症がさらにひどくなり、高柳ユージは多量のアルコールを飲み、睡眠薬を常用するようになった。そのころから奇行が目立ち、どこに行くにもギターを抱えて、駅のホームや電車のなかでとつぜん歌い出す。やめさせようとすると暴れて、中央線の駅員や車掌にとってはいい迷惑だったという。

精神的に追い詰められた状態でわたしを見かけたため、高柳ユージも百合子さんと同じく、その子どもが実在しているのか、それとも幻覚なのか、とうとうわからないままだったらしい。

七回忌にあたる昨年の春に刊行された『高柳ユージ遺稿集』に収められている「まぼろしのわが子」と題された詩は、そのときの経験をもとにつくられたものだ。わたしの手元にある「鉄童日誌」にも、その日の出来事は、高柳ユージの名前と共に、克明に記されていた。

いつものように中野駅から中央線快速電車に乗り込んだ高柳ユージは、荻窪《おぎくぼ》駅をすぎたあたりでギターを弾き始めた。いつもは乱暴にギターをかき鳴らして、意味不明の言葉を絶叫しているだけなのだが、その日は静かなギターの音に合わせてきれいな声で歌ったので、乗客たちも思わず聴き入った。

歌は、国立《くにたち》駅を発車したあとまでつづいた。あまりにすばらしい演奏と歌声に、乗客たちから拍手が起きた。ところが、高柳ユージはギターを床におくと、同じ車両のドア付近に立っていた子どもに抱きつき、そのまま泣き崩れた。おどろいた乗客たちが引き離そうとしても、高柳ユージは子どもにしがみついて離れず、つぎの立川《たちかわ》駅で子どもと一緒に駅員たちによって電車から降ろされた。

数年後、高柳ユージは心身の不調から入院した。一度崩れてしまった精神のバランスを取り戻すのは容易ではなく、長期間にわたる入院生活で不安をつのらせた末に病院の屋上から飛び降り自殺を図った。それが今から十五年前、わたしが二十歳《はたち》のときのことで、ニュースでも大きく取り上げられた。もっとも、そのときは著名なミュージシャンと幼い自分のあいだに接点があったとは、夢にも思っていなかった。

一命はとりとめたものの、高柳ユージは頭蓋骨《ずがいこつ》骨折と脳挫傷《のうざしょう》で意識不明の重態に陥った。以後八年間、一度も意識を回復することなく、七年前の春に帰らぬひととなった。享年四十八。時代を象徴するカリスマミュージシャンの葬儀には、二万人を超えるひとたちが弔問《ちょうもん》に訪れて、長い列をつくった。

昨年の七回忌でも、ビデオ映像による横浜アリーナでのライヴコンサートが満員となり、高柳ユージの人気がいまだに衰えていないことを世に知らしめた。若手ミユージシャンたちによるトリビュートアルバムも制作・発売されて、ただしこちらはあまり売れなかったらしい。

わたしは、東京駅から乗った中央線快速電車のなかで『高柳ユージ遺稿集』を読もうとしたが、すぐに本を閉じた。

百頁《ページ》ほどの薄い本で、内容はすっかり頭に入っていた。仙台からの新幹線でも読んでいたので、あえてもう一度読み返す必要もなかった。

『遺稿集』と銘打ってはいても、ほとんどが数行の走り書きだった。それも所属するレコード会社への不信感と、無理解な身内に対する怒りばかりが書かれていて、読んでいるとつらくなった。うめきというしかない断片もあり、スランプに陥ってしまったミュージシャンの苦悩が伝わってきた。

中野には、高柳ユージの実家があった。両親はすでに亡く、二つちがいのお兄さんがひとりで暮らしている。二人きりの兄弟だが、子どものころからずっと仲が悪かったことが、遺稿集に再録されたインタビューでもしつこいくらいに語られていた。

お兄さんは佑介《ゆうすけ》といい、東京都の職員をしている。兄弟の父親も公務員で、それが高柳ユージのサラリーマン嫌いのもとになっていた。

わたしが『高柳ユージ遺稿集』を読んだのは、今年の八月だった。「鉄童日誌」に、五歳のわたしが高柳ユージと同じ車両に乗っていたと記されていたからだ。ベスト盤のCDも買い、iPodに取り込んで、電車での移動のあいだにくりかえし聴いた。どの曲も知ってはいたが、じっくり聴くのは初めてだった。

『高柳ユージ遺稿集』を初めて読んだとき、わたしは遺族がよく刊行を許可したものだと思った。すると、やはり佑介氏が出版の差し止めを求める訴えを起こしていたことがわかった。訴状によれば、『遺稿集』のもとになったノートやメモも、友人と称する男が実家の書棚から勝手に持ち出したものだという。

出版社側は、二十年以上も前に、高柳ユージ本人がノートが家族に処分されることを恐れて友人に託したものだと反論した。また、口頭ではあるが、生前に出版の許可も得ているという。結局、訴えは裁判所に却下されて、『高柳ユージ遺稿集』は予定どおりに刊行された。

佑介氏は、レコード会社とのあいだでも、高柳ユージが制作した楽曲の著作権をめぐる訴訟を起こしていた。そのせいもあって、インターネットの裏サイトには、匿名のユーザーによる佑介氏への罵詈雑言《ばりぞうごん》が溢《あふ》れていた。

〈ユージの兄貴は最低最悪。弟を嫌いぬいていたくせに、死んだらユージの曲でひ

と儲けしようっていうんだろ。お前が死ねばよかったのに。〉
〈ユージの兄貴が勤めているのは、東京都水道局だよ。部長さんだっていうから、エラいんだ。でも、独身。きっと、おれたちのゼー金で援コーやりまくってんだぜ。それとも児童ポルノかな。盗撮かな。証拠押さえて、ムショ送りにしてやりて〜。〉
〈これがユージの兄貴こと、高柳佑介の顔写真で〜す。見てのとおり、ユージとは全然似てませ〜ん。住所は中野区○○町××番地、いかにも落書きしやすそうな塀がある二階建て住宅で〜す。みんな、火までは点けないようにね。でも、爆竹はOKかな。深夜のピンポンダッシュもね！〉

集中的に書き込みがされたのは高柳ユージの七回忌に当たる昨年四月前後だった。『遺稿集』の刊行に対して佑介氏が起こした出版差し止め訴訟が、過激なファンたちを刺激したのだろう。書き込みには、関係者しか知りえない内容も多く含まれていて、出版社が意図的に佑介氏のプライヴァシーに関わる情報を流した疑いもあった。

そうした厄介な状況に立たされてきた相手に、七年前に亡くなった弟さんについてお話をうかがいたいと手紙を書いたところで無視されるに決まっている。それに、三十年前の十二月に、五歳のわたしと会った高柳ユージがどんなことを考えたのかは、詩篇「まぼろしのわが子」に語り尽くされていた。

佑介氏には申しわけないが、この詩がおおやけになっただけでも『高柳ユージ遺稿集』を刊行する意味はあったと、わたしには思われた。幼い自分の姿が描かれているからでもあるが、それ以上に一編の詩としてすばらしいと思った。もしもこの詩に曲をつけて歌っていたら、高柳ユージは新境地を開けていたのではないだろうか。

高柳ユージは父や兄と仲たがいしていると公言していたにもかかわらず、なにかといっては中野の実家に帰ってきた。十代でミリオンセラーを連発し、弱冠二十一歳で自由が丘の高級住宅地にスタジオ付きの邸宅をかまえたというのに、ふいにあらわれては、二階の部屋でギターをかき鳴らし、大声で歌を歌った。防音設備がそなえられたスタジオよりも、ギターを弾き始めた中学生のころのように、家族やご近所の顰蹙《ひんしゅく》を買いながらのほうがインスピレーションが湧《わ》くのだという。それを待ち受けている熱狂的なファンもいて、高柳ユージは二階のベランダに出て即興のライヴ演奏をしたりもした。

もちろん、そんな勝手放題が許されるはずがない。騒ぎを起こすたびに警察に通報されて、ついには反省の色がないと一晩留置場に入れられた。それがまたニュースになり、高柳ユージは社会に反抗的な若者たちからの支持を集めつづけた。

【高柳ユージ公式ファンサイト】には、人気絶頂だったころの逸話や本人の発言などが網羅されていたので、世代がちがうわたしにも当時の様子がよくわかった。

もっとも、高柳ユージ自身は、騒ぎになるのは本意ではなかったらしい。『遺稿集』には、そう思える言葉がいくつか書かれていた。

十歳で母親を亡くした高柳ユージは、母の面影が残る実家が大好きだったのだ。しかし、そこには父と兄が住んでいる。だから、自分の部屋で歌うことで、天国の母に伝えたかったのではないだろうか。有名になって、よそでひとり暮らしをしていても、自分が母を忘れていないことを。そして、実家の六畳間こそが自分の原点であることを。

両親の顔も名前も知らず、兄弟もいないわたしから見れば、高柳ユージが抱いた悲しみや憎しみさえもがうらやましかった。

そこまで考えたところで、東京駅から乗った中央線快速電車は中野駅に着いた。満員の乗客にあおられて、キャリーバッグを引いてホームに降りるのがひと苦労だった。

最後尾の車両に乗っていたので、わたしは電車から降りたあともホームの端に立っていた。

わたしは電車の先頭か最後尾の車両にしか乗れなかった。それも一番端のドア付近でないと、気分が悪くなったり、貧血を起こしたりした。ただし、止まっている電車なら何両目でも平気だった。そうでなければ、列車の検査技師として働けていない。

わたしは乗客たちがひとつの流れとなって、ホームの中央寄りにあるエスカレーターを降りていく様子を眺めていた。師走の週末で、ボーナスが出たばかりとあって、中野駅界隈《かいわい》で忘年会をするひとも多いのだろう。

わたしは五年前にJR西日本に就職してからは大阪住まいだが、学生時代は東京だった。今も月に二、三度は首都圏にある車両基地や工場への出張があるため、自然に東京と大阪を比較するくせがついた。

職業柄、電車の話をすれば、JR東日本はおそろしいほどのハイペースで新型車両を開発している。今しがた乗ってきたE233系は、二〇〇六年十二月末に中央線快速に導入されたものだ。それまで中央線快速は201系のみを使用していた。「省エネ電車」として活躍した、全面がオレンジ色に塗られた電車をおぼえている人は多いはずだ。

一九八五年一月以降、山手線、京浜東北線、中央・総武緩行線がそれまでの103系車両から、銀色のステンレス車体に色帯という205系や209系へとシフトしていくなかで、中央線快速ではずっとオレンジ一色の201系だけが運行していた。

E233系が導入されたあとも、201系は走っていた。しかし、二〇一〇年十月十七日、ついに201系は中央線快速から引退した。日本一とも言うべき輸送力を誇る中央線快速を一手に引き受けてきた名車両の引退には、多くの鉄道ファンが詰めかけて別れを惜しんだ。

わたしも悲しかったが、201系の引退によって、首都圏JRの主要な通勤電車がすべてステンレス製の車体へと変わったことのほうに強いショックを受けた。電車の色やかたちは風景に溶け込んでいる。中央線快速からオレンジ一色の201系が消えたとき、わたしは東京が別の街になった気がした。大げさでなく、あの日、東京の鉄道に残っていた大切なものがついになくなってしまったのだ。

一方、JR西日本管内では、今でも103系や201系が現役で運行している。こう言うと首都圏のひとたちはおどろくが、国鉄時代に製造された車両は現在の電車に比べて格段に丈夫にできている。ただし、車体が重いため、電力消費量は多いが、ＪＲ西日本は旧型車両をできるだけ使いつづけるという方針をとっていて、おかげでわたしはかつての名車両の構造を隅々まで知ることができた。新幹線をはじめとする最新車両の点検もしているが、やはりわたしが好きなのは国鉄時代に製造された通勤型車両とディーゼル機関車だ。

通勤型車両では、１０３系と２０１系がすばらしいと思っている。１０３系は山手線などの駅間距離が短い路線をターゲットとして開発された。一方、２０１系はより高速での運転を可能にする通勤型電車として開発された。当時の最新技術が惜しみなく導入されており、とくに制御システムに関しては、２０１系の段階でほぼ完成の域に達したとさえ言っていいと思う。

ＪＲ東日本がつぎつぎに新型車両を導入しているのは、自動車会社が毎年のようにニューモデルを発表しているようなものだ。電車のスピードが上がったのも、あらゆる面で車体の軽量化を図ったからで、乗客の安全性という点ではいささか問題のある考え方だと言わざるを得ない。

こんな指摘をしても共感してくれるひとは少ないだろう。東京への出張から大阪に戻り、ボディー全体を同じ色に塗装された１０３系や２０１系の電車を見ると、わたしはなんともいえない安心を感じる。反対に、東京で電車に乗ると、どこか気持ちが落ち着かなかった。

　ＪＲ東日本が開発した車両は車内が広く、座席や照明にも細かな気配りがされているのがよくわかる。しかし、乗り物としての存在感が希薄で、かなりの重さがあるはずの物体が高速で移動しているという実感が伝わってこないのだ。

　真冬のホームでそんなことを考えているうちに、つぎの電車が到着した。

　さっきと同じく、電車を降りた乗客たちがホームの中央寄りにあるエスカレーターに向かって吸い込まれていく。キャリーバッグの把手《とって》を持つと、わたしも人々にまじって歩きだした。

　現在、佑介氏がひとりで暮らす高柳家は中野駅南口へ出て、高円寺《こうえんじ》方面に十分ほど歩いた場所にある。インターネットの裏サイトのおかげというと語弊があるが、番地も家の外観もわかっているのはありがたかった。

　わたしが今夜宿泊するのは北口駅前のホテルだった。中野ブロードウェイのある側と言うとわかりがいいだろう。

　仙台の新幹線総合車両センターで、丸一週間東北新幹線の定期検査にたずさわったので、わたしはかなり疲れていた。

　鉄道車両の非破壊検査を担当するのには専門の資格が必要である。もちろん、Ｊ

R東日本も非破壊検査の資格を有する社員を十数名抱えている。だが、年末年始の運行を控えて、いつもより多くの車両を点検しなければならないために、わたしまで駆りだされたわけだ。

わたしはかつて「東京車両製作所」という会社に勤めていた。通勤電車から新幹線までを製造する一部上場企業で、わたしはJR各社に納車した自社の車両を検査するために全国各地の車両基地を飛び回っていた。

五年前にJR西日本に移った際、両社の取り決めにより、わたしは今後も東京車両製作所が造った電車を検査することになった。それだけ非破壊検査技師の数が不足しているわけで、わたしは以前にも増して頻繁に全国各地を飛び回るはめになった。

ホテルに入ってひと休みしたかったが、今夜のうちに高柳ユージの実家を見ておきたい気もしていた。夜と昼では雰囲気もちがうわけだし、家の場所を確認しておけば、明日訪ねる際も気持ちに余裕が出るだろう。

高柳佑介氏が、土曜日の日中に在宅しているのかどうかまでは調べていなかった。外出していたら、高柳家の外観を眺めるだけで引きあげるつもりだったが、運よく家におられた場合は、「まぼろしのわが子」に描かれた子どもはわたしなのだと打ち明けてみようかとも思っていた。

いきなり訪ねてそんなことを言っても、不審がられるだけだ。それでも、その際の佑介氏の反応から、本当は弟のことをどう思っていたのかが読み取れるのではないかと、わたしは期待していた。

高柳ユージこと高柳雄二は、都立高校を一年で中退して、シンガー・ソングライターとしてデビューした。ヒット曲を連発して一躍時のひととなったが、精神不安からアルコール依存症となって入院し、自殺未遂を起こして意識不明のまま八年間を生きながらえた末に、ついに帰らぬひととなった。そうした起伏の多い人生を送って早世した弟の面倒を一手に引き受けさせられたのが、二つちがいの兄である佑介さんだった。

東京都の職員であり、部長にまで昇進したからには優秀かつ篤実な人物なのだろう。それでいて独身なのは、弟のあおりを食ったせいなのではないかと、わたしはひそかに考えていた。そんなことまでは訊けないにしても、せめて高柳ユージの兄であるひとの顔を間近で見てみたかった。

ホテルのある北口と、高柳家のある南口のどちらに出るべきか？

北口なら、このままホテルに向かえばいい。高柳家に行くなら、南口に出てから、キャリーバッグのなかにある手袋とマフラーを身につけたほうがいいだろう。

どちらにしようか迷いながら階段を降りていくと、わたしの目が斜め前方を行く男性に引き寄せられた。

「佑介さん？」

口をつきかけた言葉を飲み込んで、わたしは当の男性とは別の方向に進んだ。そして、すぐにまたあとを追った。

高柳佑介氏だと思われる男性は一七五センチほどのがっしりした体格で、ベージュ色のトレンチコートを着ていた。

高柳ユージはからだつきからして繊細だったから、裏サイトの匿名氏が指摘していたとおり、二つちがいの兄弟の容姿は大いに異なっていた。

佑介氏は革靴をはいた足をぐいぐい進ませていくので、追いかけるのが大変だった。あまり近づくと疑われるし、離れすぎていると見失ってしまう。

改札口を出た佑介氏は、南口の駅前を右手のほうに向かった。わたしだって体力にはそこそこ自信がある。しかし、一週間分の着替えや洗濯物が詰まったキャリーバッグを引いているのでどうしても遅れてしまう。歩行者信号が点滅する横断歩道を小走りで渡る佑介氏のうしろ姿を見送りながら、わたしは追跡を諦めた。

あの様子からすると、自宅に直行するのだろう。妻子持ちならまだしも、忘年会のシーズンなのだし、独身者にはめずらしい行動だといえなくもなかった。それとも、一度家に戻ったあとで、どこかに出かけるのだろうか？

吐いた息が白くなり、わたしの視界をおおった。仙台ほどではないが、師走の東京も寒くて、ダウンジャケットがありがたかった。

あわてて追いかけて疲れたので、わたしは目についたショット・バーに入った。幅の狭い店には三、四人の客がいて、店内は暖房がきいていたので、わたしは生ビールを注文した。

ジョッキのビールに口をつけているうちに、週末らしい気分が湧いてきた。このままゆっくり飲んでいたかったが、わたしは高柳家の前までは行ってみようと思った。ここから歩いて五、六分のはずだし、そのほうが気持ちよく眠れそうだ。

会計を済ませると、わたしはマフラーと手袋をしてから外に出た。軽い酔いのおかげで足取りも軽く、キャリーバッグを引きながら夜道を歩いていく。

佑介さんに遅れること約二十分で横断歩道を渡ると、その先はゆるい上り坂だった。三十メートルほどの坂道を上り切ると繁華街の雰囲気は消えて、お屋敷のような住宅や、高級マンションが建ち並んでいた。クリスマスが近いので、イルミネーションを飾っている家がいくつもあった。

高柳家はこぢんまりとした二階建てのはずだし、電柱に記された町名もちがっていた。携帯電話で検索すればわかるのだろうが、わたしは夜の住宅街を当てもなく歩いた。このあたりをひとまわりしてから、駅に戻ってホテルに向かおう。明日も、無理に佑介さんを訪ねなくていい気がした。あの男性が本当に高柳ユージの兄かどうかはわからなかったが、中央線快速電車に乗って中野駅界隈に来られただけで、わたしは満足していた。

三十年前の十二月にも、わたしは飽きずに中央線快速電車に乗っていたという。幼いわたしは、オレンジ一色の電車をよほど気に入ったらしい。

どれだけ道を歩いたら　一人前の男として認められるのか?
How many roads must a man walk down　Before you call him a man ?
ボブ・ディランは「風に吹かれて」でそう歌った
ぼくもずっと歌いつづけてきた
広場に集まったみんなと共に歌ってきた
でも　ぼくは一人前の男になっていない

あの高揚は二度と戻らない
あのとき以上の歌はぼくには歌えない
それなら　あと何を成し遂げれば　一人前の男として認められるのか？

わたしは、「まぼろしのわが子」の冒頭を小声でつぶやいた。音楽の素養があれば、自分でつけたメロディーで歌いたかった。仙台や浜松のビジネスホテルに泊まっているあいだに何度も挑戦してはみたのだが、どう歌っても念仏のようにしかならなかった。

高柳ユージは、「まぼろしのわが子」にどんな曲をつけるつもりだったのだろう？

ボブ・ディランの「風に吹かれて」のようなフォークソングだろうか。それとも、お得意のバラードだろうか。しかし、高柳ユージは、それまでの反抗的かつ感傷的なスタイルと決別しようとしてスランプに陥ったのだから、音楽的にもあと戻りはできなかったはずだ。

オレンジ色の電車に　男の子が乗っていた

ひとりで外の景色を見ている　色がない冬
五歳の子どもが　ひとりで世界に耐えている
ぼくにはわかる　あの子はこの世界に自分をおびやかすものがいることを知っている
でも　声をあげずに　時が経つのを待っている　自分が一人前の男に成長するまで
ぼくは声をあげてきた
やめろ　ちがう　やめろ
叫びつづけながら　この叫びをやめたいと思うようになって　ぼくは歌えなくなった
やめろ　ちがう　やめろ
ぼくは変わらなくてはならないのに　一人前の男として認められたいのに
これまでと同じように叫びつづけろとみんなは言う
やめろ　ちがう　やめろ
ぼくは　ぼくに拍手をするやつらに向かって叫んでやりたい
やめろ　ちがう　やめろ

ぼくは一人前の男にならなければならない
心の底からそう思っている
誰かに認められたいからではない
自分が一人前の男になったと言いふらしたいのでもない
誰にも知られない時間のなかで
少しずつ大きくなる子どもの傍らで
ぼくは自分の未熟さを思い知るだろう
それでも　いつか　ぼくは

「まぼろしのわが子」は、そこで途切れていた。

高柳ユージはさらに詩を書き継ぎ、推敲《すいこう》するつもりでいたはずだ。曲をつけて、自分で歌おうと思っていたにちがいない。それとも、もしかして、わたしと同じ電車に乗り合わせたときに歌ったのが、「まぼろしのわが子」だったのだろうか？

残念なことに、その日に高柳ユージが歌った曲がなんだったのかは、どこにも記されていなかった。

詩は中絶したまま遺《のこ》されて、カリスマミュージシャンがふたたびファンの前で歌うことはなかった。もしも、高柳ユージが「まぼろしのわが子」を歌った音源が発見されたら、大変な話題になるだろう。それにも佑介さんはクレームをつけて、発表させないようにするだろうか。


わたしは浅い酔いにまかせて夜の住宅街を歩いた。家々は静かで、すれちがうひともいなかった。中ジョッキ一杯のビールの酔いは、もう抜けかけていた。

ぼちぼち中野駅に戻ろうとして、キャリーバッグのキャスターをうまく転がしながら角を曲がると、その先に見おぼえのある家が建っていた。

「あれか？」

思わず声が出て、わたしはあわてて口を押さえた。自分では酔いは抜けたと思っていたが、まだいくらか残っていたらしい。わたしは足音を殺して静かに歩き、高柳家の前まできた。

かなり古い二階建ての家で、隣近所も同じくらいの築年数の家々が並んでいる。つまり、この一角には高柳ユージが少年だったころの雰囲気がそのまま残っていることになる。

東京らしく、両隣の家とくっついていて、この距離でギターを弾かれたら近所のひとたちはたまったものではない。それでもなかには、まだ無名だった高柳ユージの歌声とギターの演奏に可能性を感じたひともいたのではないだろうか。佑介さんだって、好き嫌いはともかく、弟の才能は認めていたはずだ。

実際に高柳家の前に立ってみて、わたしは過激なファンたちの気持ちがよくわかる気がした。この家こそ、高柳ユージが暮らしていた「聖地」であるにもかかわらず、仲が悪かった兄が住みつづけていることが、彼らには許しがたいのだ。

それにしても、佑介さんはどうしてこの古い家から出ていかないのだろう？

中野駅からほど近いこの土地を売り払えば、そこそこのマンションに住み替えられるはずだ。そうすれば、無礼なファンたちにピンポンダッシュの嫌がらせをされることもなく、安心して眠ることができる。

そこまで考えて、わたしはようやくわかった。佑介さんもまた、弟に負けず劣らず、この家に強い愛着を持っているのだ。有名なミュージシャンとなった弟の雄二にとってだけ大切な家だと扱われることに、兄として許しがたい思いを抱いているからこそ、この家に住みつづけているのではないだろうか。

そう考えると、いろいろなことが腑に落ちた。同時に、わたしが亡くなって七年にもなるミュージシャンにこだわって、師走の忙しい最中にわざわざ中野まで来た理由までもがわかった。中央線快速電車に乗って、失われた記憶をよみがえらせたいと思っただけではなかったのだ。

両親を知らず、さらに五歳より前の記憶を持たないわたしは、自分が生まれ育った家を知らない。つまり、良くも悪くも、わたしは親兄弟や生家といったものにとらわれずにこれまで生きてきた。いや、生きてこざるを得なかった。

それに対して、高柳ユージとその兄である佑介氏は、自分たちが育った家への執着を競い合うようにして生きてきたのだ。高柳ユージがあんなふうに亡くなったために、佑介さんはかえってこの家から出て行くことができなくなったのではないだろうか。

唯一の救いは、「まぼろしのわが子」のなかで、高柳ユージが大人になろうとしていることだった。「わが子」を育てたいと願う詩に、この家のことはひと言たりとも出てこない。スランプから抜け出せない苦しい日々を送りながらも、高柳ユージは生まれ育った家に帰りたいとは嘆かなかった。幸福だった幼年時代に帰りたいとは書かなかった。そのかわりに、電車のなかで見かけた子どもを育てるために、自分が一人前の男になりたいと願ったのだ。三十年前の十二月に中央線快速電車のなかで歌われたというすばらしい歌は、「まぼろしのわが子」だったにちがいない。

いや、絶対にそうであるべきだ。

わたし自身がおかれている状況に引きつけすぎだということはわかっていたが、あながち的外れな想像ではない気もしていた。

「佑介さん。あなたも、もうこの家を出るべきではありませんか」

胸のうちでつぶやくと、ふいに二階の窓が開いた。

「おい、いつまでそこにいる気だ。警察を呼ぶぞ!」

抑えた声だったが、本気だとわかって、わたしはあとずさった。

「わたしは、あの……」

「うるさい。帰れ、二度と来るな」

必死の思いでかけようとした言葉を拒絶されて、わたしはキャリーバッグに手をかけた。

「あなたを憎んでいるのではありません。それどころか……」

小声で言いかけて、それこそが最悪のおせっかいだと思い直し、わたしは足早に高柳家の前から立ち去った。

狭い小道を抜けると、あたりは昼間のように明るくなった。道の両側に並んだ店から酔っ払いの大声や拍手や歌声が聞こえてくるなかを、わたしは中野駅に向かった。

どれだけ道を歩いたら　一人前の男として認められるのか?
How many roads must a man walk down　Before you call him a man ?
ボブ・ディランは「風に吹かれて」でそう歌った
ぼくもずっと歌いつづけてきた
広場に集まったみんなと共に歌ってきた
でも　ぼくは一人前の男になっていない
あの高揚は二度と戻らない
あの時以上の歌はぼくは歌えない
それなら　あと何を成し遂げれば　一人前の男として認められるのか?

オレンジ色の電車に　男の子が乗っていた

そこまでを口ずさむと、わたしは高柳ユージの冥福《めいふく》と、兄である佑介さんの幸せを祈った。おせっかいにはかわりがないが、ひそかに祈るだけなら許されるだろう。

つづいて、わたしの母と父の冥福も祈ろうとして、わたしは戸惑った。高柳ユージの顔はもともと知っていたし、兄の佑介さんもさっき見かけていたが、わたしは自分の両親の顔を見たこともなければ、名前すら知らなかったからだ。

「それでも、わたしは父親になろうとしているんです」

誰にともなくつぶやいたとき、少し先の線路を中央線快速電車が通りすぎた。

第三話　東海道線211系

年が明けて、成人の日を絡めた三連休の初日に、わたしは妻の友紀子と共に茅ケ《ちが》崎《さき》に向かった。新大阪《しんおおさか》駅から乗ったこだま号は満員だった。

久しぶりの旅行とあって、友紀子ははしゃいでいたが、浜松《はままつ》駅をすぎたあたりから寝息を立て始めた。妊婦はよく眠るという。実際、友紀子はこんなふうに眠れたらさぞかし気持ちがよかろうというようすで眠っていた。

わたしも疲れがたまっていたが、乗車中は基本的に眠らなかった。なにより、茅ヶ崎に行くのは十八年ぶりとあって、緊張で眠るどころではなかった。

六歳で引き取られてから、中学校を卒業するまでの九年間を、わたしはJR相模線の香川駅近くにある児童養護施設でおくった。残念ながら、すでに廃園になり、建物も取り壊されてしまった。それでも友紀子は、わたしが育ったまちに行ってみたいと言ってきかなかった。仕事の忙しさを理由にはぐらかしてきたが、今回ついに茅ヶ崎行きを承知させられてしまった。

茅ヶ崎で育ったというと、誰からもうらやましがられる。神奈川《かながわ》県の、と説明しなくても通じるのは、いわずと知れたサザンオールスターズのおかげだ。わたしのような垢抜《あかぬ》けない男まで「湘南《しょうなん》ボーイ」の一員にしてもらえるのだから、イメージの力はまことに大きいというしかない。

妻の友紀子と初めて会ったときも、あいだを取り持ってくれた増井《ますい》さんは、わたしが茅ヶ崎出身であることをやたらと強調した。

「かっこええやろ、本物の湘南ボーイやで。ハマ言葉で、そうじゃん、とか言うんやで」

関西においてまで、湘南地方がもてはやされているとは思ってもみなかったので、わたしは困って頭をかいた。そもそも、こんな出会いがセッティングされているとは知らずにのこのこ出かけてきたのだから、頭をかいたのは照れ隠しのためでもあった。

増井さんから、今度の土曜日を空けておいてほしいと頼まれたとき、わたしはまた鉄道好きの甥《おい》っ子の相手をさせられるのだろうと覚悟した。ところが、ＪＲ京橋《きょうばし》駅前の喫茶店に増井さんと一緒にあらわれたのは、増井さんと同じ歳くらいのかわいらしい女性だった。

「いいなあ、東の男は謙虚で。関西もんはみんなでしゃばりや。大阪の男はこてこてやろ。京都の男は、一見奥ゆかしいけど、腹のなかではなにを考えてるかわからへん。奈良はなあ、実は奈良の知り合いはおらんねん。まあ、ボケナスばっかりちゃうのん」

増井さんは会社にいるときよりもさらにハイテンションで場をもりあげてくれた。これ見よがしの大阪弁もおかしくて、友紀子は親友のおどけたふるまいに少々ありがた迷惑といったようすだった。並んですわった二人は、都島《みやこじま》育ちの幼馴染《おさななじ》みということで、かざらない雰囲気は共通していたが、友紀子のほうがずっとおしとやかに見えた。

「ほら、ユキ。ようやく、見つけてあげたんやからね。タバコは吸わない。下戸ではないけど、ビール一杯で顔が赤くなる。仕事が好きで、子煩悩《こぼんのう》な父親になりそうな、あんたのご希望どおりの男のひとを。それに、そこそこイケメンやろ。おまけに天下のJRや」

自分だって同じJR西日本の社員なのに、わたしをことさら持ちあげると、増井さんはボリュームのある胸を張ってみせた。
「さてと、あたしはぼちぼち行くからね。ちょうどお昼どきやし、ユキがとってお
きのお店に案内したりや」
「ちょっと、朝子《あさこ》」
友紀子が止めても、増井さんは聞く耳を持たなかった。
「お二人さん。このあと、どこに行ってなにをしはったかの報告はいりまへんでえ。
幸せいっぱい、夢いっぱいのノロケ話を聞かされても、先月彼氏にフラれたばかり
のあたしは腹が立つばっかりや。ほな、さいなら」
増井さんがわざとらしく肩を怒らせて店を出てゆくうしろ姿を見送ると、友紀子
とわたしは目を合わせた。
「いい友達をお持ちですね」
「ありがとうございます」
友紀子は標準語のイントネーションで言って、グラスの水に口をつけた。
とつぜん増井さんにいなくなられて緊張しているのだろう。自分があげた結婚の
条件に当てはまるとされる男性と二人きりにされたのだから、なおさらだ。
緊張しているのは、わたしも同じだった。なにしろ、顔を合わせてからまだ二十

分少々しか経っていないのだ。その間、増井さんはひとりでしゃべりどおしだった。

「そうか、つまり増井さんが一番緊張していたんだ」

思わず声に出すと、わたしはおかしくなってふき出した。つられて友紀子も笑い出して、わたしは増井さんに心から感謝した。友紀子はわたしより三つしたの二十七歳だというが、同年代の女性とこんなふうにうちとけられたのは初めてだった。

「電車を、造っておられるんですよね?」

友紀子に訊かれて、わたしは若干の訂正をした。

「鉄道車両の製造に関わっていますが、わたしの担当は検査です。電車の車体や台車にキズやヒビが入っていないかどうかを、専用の器材や特殊な薬品を使って調べるんです。非破壊検査という会社が、テレビでコマーシャルを流していたでしょう。あそこと同じで、エコーやレントゲンを使うんで、そのための国家資格を持っているんです」

友紀子が、感心したような顔を見せたので、わたしはつづけた。

「五月の末までは、東京車両製作所という会社に勤めていて、そちらでも同じ仕事をしていました。それが、いろいろな事情があって、六月一日づけでJR西日本に移ったんです。そうか、もう四ヵ月になるのか。あの、わたしが問題を起こして、会社を追い出されたわけじゃありませんよ」

　あわててつけ足すと、友紀子はおかしそうに頷いた。

「朝子は、『FA移籍で獲得した期待のスラッガーや。入団早々に大活躍で、みんな大喜びなんやで』なんて、阪神タイガースの選手を応援するときみたいな言いかたをするし、部外者が会社内の事情を根掘り葉掘り訊くのも悪い気がして。お仕事の内容を、ちゃんと知らなくてすみません」

　友紀子は申しわけなさそうにあやまってくれた。ただし、増井さんのセリフをまねたところはかなり威勢がよかった。

「大阪には、もう慣れましたか？」

「ええ、慣れました。以前から仕事でちょくちょく吹田《すいた》工場に来ていたんで、土地勘もありましたし。上司からチケットをもらって、甲子園球場に行ったこともあります。試合は阪神のボロ負けでしたけど、楽しかった。亡くなった豊本《とよもと》さんとは、何度も一緒に仕事をしていたんです。親分肌で、会社がちがうのにかわいがってくれて、いつもご馳走《ちそう》になっていました」

　豊本さんのことなど、友紀子が知っているわけがないのにと思いながらも、わたしは気がせいて、順序良く話すことができなかった。

友紀子は困ったように目を伏せたが、すぐに気を取り直してくれた。

「豊本さんというのは、どんな方だったんですか？」

友紀子の気づかいがありがたくて、わたしは頭をさげた。顔をあげると目と目が合い、わたしたちは見つめあった。

このひとと結婚できたら、どんなに嬉しいだろう。しかし、そんなことはどうしたって無理だ。胸に満ちる思いと、どうせ諦めるしかないのだから深入りはするなと告げる理性とが、わたしのなかでせめぎ合っていた。

結論を早まるな、まずはこの場を楽しいものにしよう。そう自分に言い聞かせながら、わたしはコーヒーに口をつけた。

ＪＲ西日本で検査技師をしていた豊本幸雄《ゆきお》さんが心筋梗塞《しんきんこうそく》で急逝《きゅうせい》したのは前年の十二月初めだった。わたしは、亡くなる三日前から福岡と大阪で豊本さんと一緒に仕事をしていたので、ショックはひときわ大きかった。

ＪＲ西日本の新幹線は、博多総合車両所で整備点検を行う。その日、わたしは東京車両製作所が造ったＮ７００系新幹線の納入に立ち会うために博多総合車両所に出張した。ＪＲ西日本からは豊本さんが来ていて、わたしたちは手分けをして一編成十六両の新幹線の点検をした。

翌朝、一緒の新幹線で大阪に向かい、今度は吹田工場で特急電車の検査に当たった。修理が済んだ箇所に器材を当てて、問題がないかどうかをチェックする。われわれのような非破壊検査技師は、ＪＲ西日本には十人ほどしかいない。定期検査や修理が済んでも、車両は非破壊検査技師のチェックを経なければ運行することができないため、徹夜で十両や十五両もある一編成の車両を検査することもしょっちゅうだった。

三日目は、森ノ宮《もりのみや》電車区で１０３系と２０１系のチェックをした。豊本さんは、国鉄時代に製造された通勤電車を検査する際に注意すべきポイントを細かく教えてくれた。わたしは感謝して、午後八時すぎの新幹線で東京に戻った。

豊本さんが発作を起こしたのは、その日の深夜だった。自宅で就寝中に苦しみだして、奥さんが常備しているニトログリセリンを飲ませた。しかし、救急車が到着したときには心肺が停止しており、救急隊員が蘇生《そせい》を試みても息を吹きかえすことはなかった。これまでに何度も発作を起こしていたため、すでに心臓が限界に達していたのではないか、とのことだった。

それにしても、五十七歳というのは若すぎる。わたしは翌朝の新幹線でふたたび大阪に向かった。あまりにもとつぜんのことで、お通夜でのご遺族の悲しみは見ていられないほどだった。年末の忙しい最中に検査部門のリーダーを失った会社も大わらわだった。

ＪＲ西日本は、半年前に検査員を一人、フランス系の企業に引き抜かれていた。フランスは官民が一体となって高速鉄道ＴＧＶを海外に売り込んでおり、アジア地域での車両のメインテナンスを統括する人材としてＪＲ西日本の検査員をヘッドハンティングしたのだという。その人は豊本さんの片腕ともいうべき存在だったから、抜けた穴を埋めるために無理をしたことが、豊本さんの寿命を縮めたのかもしれなかった。

ＪＲ各社や私鉄会社は、それぞれ車両を保守点検する設備を持ち、そのための人材を育てている。わたしが勤めていた東京車両製作所や日立製作所や川崎重工といった鉄道車両を製造する企業も、自社製品をチェックするための社員を育成している。鉄道会社に車両を引き渡したあとも、構造や耐久性に問題がないかどうかを検査させてもらい、データを取って今後の参考にするからだ。とくに新幹線は車両数も多く、定期検査を念入りに行なう必要があるため、わたしは応援部隊としてＪＲ各社の新幹線車両基地に派遣された。

豊本さんの葬儀に参列したあと、わたしはそのまま吹田工場と博多総合車両所で働き、年末年始も休まずに新幹線や特急電車の検査に追われた。ＪＲ西日本が東京車両製作所に無理を承知で懇願したからで、おかげでわたしは豊本さんに少しは恩返しをすることができた。

　そのときすでに、ＪＲ西日本がわたしを「ＦＡ移籍」させようと思っていたのかどうかはわからない。年が明けてからの出張はＪＲ東日本の新幹線総合車両センターがある仙台か、ＪＲ東海の浜松工場かで、春先も関西方面に出向くことはなかった。

　それが、ゴールデンウイーク明けにとつぜん担当常務に呼び出されて、わたしはＪＲ西日本への移籍を打診された。

「異例中の異例だが、先方のたっての希望でね。正直、きみを手放すのは痛すぎるんだが、お得意様のＪＲに頭をさげられちゃあ、どうにもならない」

　ただし、会社のほうでもいくつか条件をつけた。今後、わたしはＪＲ西日本の社員となって吹田工場をメインに働くものの、引きつづき東京車両製作所が鉄道各社へ納品した電車の検査も担当する。場合によっては、仙台や浜松に出張して新幹線の検査にたずさわる。つまり、実質的に両社でわたしを共有しようというわけだ。それなら両方の会社から給料をもらいたいくらいだが、これも縁だと思い切って、わたしは大阪に移ってきたのだった。

かいつまんで説明したので、友紀子がどこまで理解してくれたかどうかはわからなかった。それでも、現在の仕事については包み隠さず話せたという安堵《あんど》で、わたしは息をついた。

友紀子は保育士をしていて、家は京橋駅から歩いて十分ほどの場所にあり、ガラス工場を経営している。両親と姉の四人家族で育ち、お姉さんは二年前に結婚した。お姉さんの夫もガラス職人としておとうさんと一緒に働いていると聞いて、今度はわたしの家族について話す番だと思いながらも、わたしの口は動かなかった。

「家族のことは、そのうちでもいいかな」

この言いかただと良からぬ憶測や誤解を招くとわかっていたが、わたしはことさら隠し立てをしているわけではなかった。

実際、そのとき、わたしは自分の両親について、まだなにも知らなかった。二人の名前も、生きているのか、死んでしまったのかさえも知らなかった。茅ヶ崎出身というのも、相模《さがみ》線香川《かがわ》駅のそばにある児童養護施設で育ったからで、「湘南」から連想される明るい海のイメージとは程遠い環境だった。

そうした事情を告げたところで、彼女を戸惑わせるだけだ。

友紀子が立ち去ってしまうことも覚悟しながら、わたしはからだを強張《こわば》らせていた。こっそり腕時計に目をやると、午後一時になるところだった。

そもそも、今日の出会いからして予想外のことだったのだし、わたしは結婚についてはとうに諦めていた。それでも、友紀子はわたしに関心を示しているようでもあり、わずかな可能性に賭《か》けてみたくもなる。

「天神橋筋《てんじんばしすじ》に、うんとおいしいお好み焼きのお店があるから、これから行きませんか？」

あのとき、友紀子がどうしてわたしを見限らなかったのか。交際が始まってからも、結婚が決まってからも、わたしは不思議に思うことがあった。ただし、その理由を彼女にたずねるのは憚《はばか》られた。

わたしだって、自分の家族について知っていることがあるなら、いくらでも話したい。しかし、わたしには本当に、父や母について語れるエピソードがなにひとつなかった。なにしろ、五歳以前の記憶がないのだから……。

「おとうさん、どうしたの？」

いつの間にか目をさましていた友紀子に声をかけられて、わたしはわれにかえった。

「もうすぐ小田原《おだわら》だよ」

「ああ、うん」

初めて友紀子と会ったころのことを思い出していたと言うのは恥ずかしくて、わたしはいいかげんな相づちを打った。それに、わたしはすでに自分がどうして孤児になったのかを知っていた。ただし、半年前に偶然知った事実を、わたしはまだ友紀子に伝えていなかった。

自分に身寄りがないことは、友紀子と二度目に会ったときに話していた。だから、今度も早く伝えるべきだと思いながらも、わたしは戸惑っていた。両親が亡くなった事故も含めて、孤児になった理由を納得するのにはもう少し時間が必要だと自分に言いわけをしながら、わたしは友紀子に打ち明けるのを先延ばしにしてきた。

身重の妻にショックを与えたくないという気持ちもあった。できることなら、この旅行のあいだに打ち明けたいが、自信はなかった。

友紀子に、六本のカセットテープを聴いてもらい、「鉄童日誌」を読んでもらうのが一番いいにしても、それを手に入れたいきさつを説明するのが難しかった。

六本のカセットテープと「鉄童日誌」が入っていた段ボール箱は「鉄道の友社」

におかれていた。「鉄道の友社」は、大阪の心斎橋筋《しんさいばしすじ》にある小出版社だ。季刊雑誌「鉄道の友」を刊行していて、わたしは「鉄道の友」の創刊時からの愛読者であり、編集長兼発行人である土岐田《ときた》祐一《ゆういち》さんとは高校生のころから個人的なつきあいがあった。ところが、土岐田さんは六年前に体調を崩してしまい、それ以降「鉄道の友」はずっと休刊している。

土岐田さんには、東京車両製作所からJR西日本に「FA移籍」したことを伝えていたし、大阪で暮らすようになってから一度挨拶に行った。友紀子との結婚も報告した。友紀子にも、土岐田さんとの関係は話していたが、去年の七月に偶然、カセットテープと「鉄童日誌」が入った段ボール箱を手に入れたことは話していなかった。それにはそれなりの理由があるのだが、半年以上も隠していたことを友紀子がどう思うのかはわからなかった。

この旅行のあいだに、わたしは六本のカセットテープと「鉄童日誌」の存在を、友紀子に打ち明けられるだろうか？

新大阪駅から乗ったこだま号を小田原駅で降りると、わたしは友紀子をつれて改札口を出た。行き先は茅ヶ崎だが、初めから小田原でお昼にするつもりだった。妊娠五ヵ月目の安定期とはいえ、長時間の移動は母体にもおなかの子どもにも負担だからだ。

友紀子がお蕎麦《そば》を食べたいというので、わたしは以前入ったことのある店に向かった。駅前にあるビルの七階で、窓からは小田原駅界隈が一望できる。

とろろ蕎麦を平らげると、わたしは広い窓から線路を眺めた。東海道線、東海道新幹線、小田急《おだきゅう》線、箱根《はこね》登山鉄道、大雄山《だいゆうざん》線の電車が到着しては、乗客を乗り降りさせて発車していく。

「おとうさんが電車を見る目は真剣だよね。眉間《みけん》にしわを寄せてさ。仕事の延長なんだから仕方がないけど、初めのうちは怒ってるのかと思って心配したなあ」

友紀子はおかめ蕎麦をゆっくり食べていた。二人きりのときは大阪弁ではなく、わたしに合わせてハマ言葉を使うのは、つきあい始めたころからのことだった。

「でも、さっきは電車と関係ないことを考えていたでしょう」

図星を指されて、わたしは蕎麦湯に伸ばしかけた手を止めた。なにか答えなければと思いながらも、わたしは妻から目をそらせて、ふたたび線路を走る電車を眺めた。

普通のひとは電車に乗りながら居眠りをしたり、本を読んだり、携帯電話を操作したりしている。つまり、目的地に着くまでの時間を手持ち無沙汰なものに感じているわけだ。まして自分が乗っている電車の種類を気にしているひとなどまずいないだろう。

それが鉄道ファンとなると、電車に乗っていること自体が楽しくて仕方がない。実際に乗らなくても、時刻表の頁《ページ》をめくれば、頭のなかで列車が走り出す。小学生のころに、線路脇で相模線を待っているときのわくわくした気持ちといったらなかった。

相模線は単線で、わたしが小学生のころはまだ電化されておらず、首都圏では数少ない非電化路線だった。つまり架線がなく、列車にもパンタグラフがついていない。オンボロというか、味がある旧式のディーゼル列車は一時間に数本しか走っていなかったが、それでもわたしにとって相模線は憧れの的だった。

やがて、わたしは「一筆書《ひとふでが》き」で電車に乗ることをおぼえた。「一筆書き」とは、初乗り運賃だけでたっぷり電車に乗れる、鉄道ファンにはよく知られた乗車方法だ。

余談だが、英語圏では「鉄道ファン」のことを「レールファン」という。日本では、「鉄道マニア」と呼ばれていたが、「マニア」に否定的なイメージが付着するようになり、われわれ鉄道好きは「鉄道ファン」と自称するようになった。

「一筆書き」に戻れば、東京、大阪、福岡《ふくおか》、新潟《にいがた》の四都市圏では、決められた区間内を普通乗車券で一日のうちに利用する場合、最も安い運賃を適用するという特例がある。つまり、山手線で新宿《しんじゅく》駅から原宿《はらじゅく》駅まで行くとすると、内回りなら二駅だが、外回りだと二十七駅を移動する。どちらの経路を選んでも運賃は初乗りの一三〇円でいい。ただし、改札口を出たり、同じ駅を二回以上通ったりすると最低運賃は適用されない。この「一筆書きルール」を守り、できるだけ長い距離を移動することを「大回り乗車」と呼ぶ。

小学生の運賃は大人の半額なので、わたしが「一筆書き」を始めたころは七十円のキップで丸一日電車に乗っていられた。児童養護施設で暮らす小学生には七十円でも大金だったが、月々のおこづかいを貯《た》めて、それに自動販売機のしたに落ちている小銭を拾ったりもして、わたしは「一筆書き」を楽しんだ。

時刻表を読めるようになり、鉄道に関する知識を飛躍的に増やしていた小学三、四年生ころが、一番無邪気に列車に乗っていられたのではないだろうか。

いっぱしの知識を持ってしまうと、鉄道ファンはのんびり電車に揺られているわけにはいかなくなってくる。車両の種類によってモーターや台車の構造はそれぞれ異なっているので、からだに伝わってくる震動や音を熱心に聴き分ける。窓の外に目を向ければ、架線の形状や線路の勾配《こうばい》といった情報がつぎつぎ目に飛び込んできて、気をゆるめてなどいられない。

しかし、職業として鉄道の安全な運行を図るために働き、電車の構造を隅々まで知った今となっては、かつての頭でっかちな態度が恥ずかしくも懐かしかった。

多くの鉄道ファンが知っているのは、乗客を乗せて線路を走行している電車の姿だけだ。塗装前の、全面銀色の新幹線がどれほど迫力があるかは、実際に見たことのないひとには決してわからないだろう。しかも頑丈そのもののボディーに深い亀裂が入ることさえあるのだから、新幹線がいかに凄《すさ》まじい風圧や捩《ねじ》れに耐えながら走行しているかということだ。

今回乗ってきたのは停車駅の多いこだま号だが、それでもわたしはカーブに差し掛かるたびに車体が受けているGを感じて気が気ではなかった。パンタグラフの状態や台車のバネにまで気が回ってしまい、のんびり旅行を楽しむどころではなかった。

在来線に乗っているときは、線路脇に保線区の作業員を見かけるたびに、わたしは小さく頭をさげた。一般のひとが鉄道員についてイメージするのは、運転士や車掌や駅員くらいのものだろう。わたしがしている車両の検査も裏方のひとつだが、なかでも知られていない重要な仕事が保線である。

レールは気温や天候によって、日々刻々変形している。しかも、大重量の列車が高速で走りぬけるのだから、そのたびにレールは歪《ゆが》み、沈み、磨耗する。「レールは生きもの」という言葉は誇張ではないので、レールの保守・点検なくして鉄道は安全に運行することができない。

今では、レール・枕木・バラストのチェックや補修はコンピューター制御の検査機械や震動式の動力機械によって行なわれている。しかし、かつてはすべての作業が線路工夫または保線夫と呼ばれるひとたちによって担われていた。朝から晩まで線路脇を歩き、ツルハシをふりおろして、バラストの位置を調整していく作業は、そうとう過酷なものだったにちがいない。

現在でも、目視やハンマーによる打音でレールに異状を見つけたときには、保線区の作業員がツルハシをふるう。風の日も、雨の日も、雪の日も休むわけにはいかない。まさにからだを張って鉄道の安全を守っているわけで、保線区の作業員が作業をしている傍らを通過するときには自然と頭がさがった。ことさら目をこらしているわけではないが、やはり気づいてしまうのだ。

先日、バイオリニストが書いたエッセイ集を読んでいたら、同じようなことが書いてあった。著者である女性は三、四歳のころからバイオリンの英才教育を施されてきた。そのため聴覚が非常に発達して、あらゆる物音やひとの話し声まで、頭のなかで楽譜に変換されてしまうという。

作曲家や演奏家に関するゴシップも、わんさと耳に入ってくる。日本人でも外国人でも名声のあるひとほど性格が偏っているらしく、複数の異性を恋人にしていたり、お金に異様に汚かったりといった噂を知っているために、どんな素晴らしい演奏を聴いても素直に感動できない。音楽業界に独特の強固な師弟関係による束縛や、レコード会社とのもめごとも絶えない。

ようやく開催にこぎつけた自分のリサイタルでは、一般の聴衆にはわかりっこないわずかなミスが気になって気持ちが落ち込んでしまった等々、専門家であるがゆえの悩みが赤裸々につづられていた。

二月書房から刊行されている本で、昨年の十月、百合子さんを訪ねたときに、お土産に持たせてくれたうちの一冊だった。

芸術家と技術屋を一緒にしてはいけないが、わたしはバイオリニストの苦しみがよくわかった。それでも彼女はバイオリンが好きで、音楽のない人生など想像できないという。

わたしも鉄道が大好きだ。鉄道がない人生など想像もできないし、鉄道に関わる仕事につけて本当に幸せだと思っている。

友紀子は、わたしが電車を見る目が真剣すぎるというが、それは仕方がないことだ。鉄道ファンとして電車に憧れの視線を送っているのと、その道のプロとして生きていくのとでは、まるで立場がちがうのだから……。

わたしはまたしても物思いにふけってしまったが、友紀子はそしらぬ顔でおかめ蕎麦を食べていた。おかめ蕎麦は具沢山なので、カマボコをかじっては汁をすすり、箱根の山々を眺めている。妻の気づかいに感謝しながら、わたしはもう少しだけ物思いにふけった。

大学卒業後に東京車両製作所に入社してからの数年は、仕事をおぼえるのに必死だった。資格を取るための勉強もしなければならず、わたしは脇目もふらず仕事に打ち込んだ。検査に落ち度があったら、時速三〇〇キロで走行中に新幹線の車体が損壊してしまう危険だってあるのだ。

実際、そうした夢にうなされたこともあった。いまだに、本当に見落としがなかったかどうかが気になって、なかなか寝つけないことがある。それでも、場数を踏むことで、自分がじょじょに一人前に近づいているという手ごたえは感じていた。

ＪＲ西日本への移籍は、手ごたえが確信に変わる機会でもあった。亡くなった豊本さんには申しわけないが、あんなことでもなければ自分が会社からどれほど評価されているのかを知ることはできなかっただろう。その意味で、増井さんが言った「FA移籍」とは、まさに言いえて妙だった。それに友紀子とも出会えて、わたしは大阪に移って本当に良かったと思っていた。

自分の生い立ちについては、依然としてわからないことばかりだった。しかし、鉄道好きが高じて、ついにJRで働けるようになったのだから、このうえ注文をつけていてはバチが当たる。いずれ子どもが生まれたら、その子をたっぷり愛してやればいい。男の子でも女の子でも、きっと鉄道が好きになるだろう。

それが大阪に移って一年後に友紀子と婚約したときの、わたしのいつわらざる気持ちだった。ところが、不思議な偶然から、わたしは自分の過去を知ることになった。父と母が亡くなった詳しい状況も明らかになった。動揺は激しかったが、なにより苦しかったのは、鉄道と自分の関わりのあまりの濃さだった……。

友紀子の視線に気づき、わたしは物思いを中断した。ようやく食べ終わったようで、どんぶりのなかにはつゆが少し残っているだけだった。

「じゃあ、行こうか。それとも、デザートにあんみつでも食べる?」

小田原駅からは、東海道線で茅ケ崎駅まで行くだけなので、時間はどうでもよかった。

「ありがとう。でも、もうおなかがいっぱいかな」

トイレに行くから持っていてと渡された友紀子のコートとハンドバッグを抱えて、わたしは会計を済ませた。肩からはデイパックを提げて、足元にはキャリーバッグをおいていたので、財布から小銭を出すのに手間取った。

「奥さま、おめでたですか？」

割烹着《かっぽうぎ》を着たおかみさんに訊かれて、わたしは頷いた。妊娠五ヵ月なので、まだおなかはさほどふくらんでいないが、ゆったりしたワンピースを着ているのでわかったのだろう。

「今のうちに、夫婦水入らずでゆっくりされておくといいですよ。お泊まりは、箱根ですか？」

どう答えようか迷っていたところに、友紀子が帰ってきた。

「やさしそうな旦那様で、うらやましいわあ」

なぜか関西弁でわたしを褒めて、おかみさんは友紀子にも箱根に泊まるのかと訊いた。

「いいえ、茅ヶ崎なんです」

「ご親戚でも？」

わたしはつくり笑顔で話を終わりにしようとしたのに、友紀子は嬉しそうに答えた。

「海岸のほうに、茅ヶ崎館っていう古い旅館があるんです。そこに泊まりたくて」

「ああ、たしかそんなお宿があったような」

あやふやに応じるおかみさんに向かって、友紀子はさらにつづけた。

「茅ヶ崎に着いたら、まず寒川《さむかわ》神社にお参りしようと思っているんです。そっちのほうがメインかな」

おかみさんは元気いっぱいの妊婦をいくらか持てあましているようだった。それでも、エレベーターまで送ってきて、「どうぞ、お気をつけて」と丁寧に見送ってくれた。

今回の茅ヶ崎行きは、友紀子が言い出したことだった。

十二月初めに中野の高柳家を訪ねたとき、金曜日の晩に用件は済んでしまったので、わたしは土曜日に大宮《おおみや》の鉄道博物館に行った。鳴り物入りでのオープンから丸四年になるが、わたしは初めてだった。秋葉原《あきはばら》にあった先代の交通博物館には何度も通っていたので、そちらの印象を損ないたくないというのが、これまで鉄道博物館に足が向かなかった理由だった。

　そうした行きがかりも忘れて、わたしは展示されている機関車や電車に夢中になった。北海道開拓時代の蒸気機関車、特急「富士号《ふじ》」の一等展望車、ＥＦ66電気機関車といった名車両が一堂に会しているさまはまさに壮観だった。

　ただし、鉄道を運行するための設備である「保線」「通信」「電気」「土木」といった分野がなおざりにされているのは、予想していたこととはいえ残念だった。見方を変えれば、まずは子どもたちに鉄道を好きになってもらおうというコンセプトに徹しているわけだ。実際、土曜日とあって館内は親子づれでいっぱいだった。

　友紀子の妊娠がわかってからというもの、出張先からも大急ぎで帰宅していたので、わたしは久しぶりの自由な時間を満喫した。

　東京駅に戻り、ウソをついたおわびに奮発してお土産を買っていこうとデパ地下を見ているときにポケットの携帯電話がふるえだした。メールを送ってきたのは友紀子だった。

〈お仕事ご苦労さま。とつぜんですが、年明けの三連休で寒川神社＆茅ヶ崎館の旅に行くのはどうでしょう。ご検討ください。帰りの時間がわかったら教えてね。〉

　意表をつく提案におどろいて、まずは落ち着こうと、わたしは深呼吸をした。自分ではふだんどおりにしているつもりでも、友紀子はわたしのようすに常ならぬものを感じとっていたのだ。もしかすると、浜松工場に寄るというのがウソだと見破っているのかもしれない。

茅ヶ崎行きは、結婚前から友紀子が希望していたことだった。一度、わたしが育った土地に行ってみたいという彼女の気持ちはありがたかった。しかし、正直に言えば、少々ありがた迷惑でもあった。友紀子は知らないから仕方がないが、茅ヶ崎駅は、わたしが二度目の事故で記憶を失った場所でもあるからだ。それに、茅ヶ崎に行けば、幸せとは言いがたかった小中学生のころを思い出してしまうだろう。

なんのかのと理由をつけて、わたしは茅ヶ崎行きを先延ばしにしてきた。だから、今回も、冬でもあり、子どもが生まれてからお宮参りに寒川神社に行くのはどうだろうとの文面を打って、わたしはメールを返信した。

〈いずれにしても、家に戻ってから、ゆっくり相談しよう。〉

そうつけ足しはしたものの、妊娠中ということを理由にすれば友紀子も引きさがるだろうと、わたしは高をくくっていた。ところが、今回ばかりは友紀子は譲らなかった。

「いいやん、茅ヶ崎に行ったかて。お医者さんも、大丈夫やてゆうてくれてはるんやで。どうしてなん。寒川神社は相模国の一宮《いちのみや》で、日本で唯一、つまり世界で唯一の八方除《はっぽうよけ》の神社で、家内安全も安産祈願も、ご利益《りやく》がいっぱいや。わかった、わかりました。それなら、うちがひとりで茅ヶ崎に行きます。いいや、これから朝ちゃんに電話して、一緒についてきてもらおう」

わたしが京橋のアパートに帰るなり友紀子は猛烈な関西弁でまくしたてて、携帯電話を開いた。

「わかったから」

あわてて止めると、友紀子はわたしを横目でにらんだ。

「わかったって、なにが?」

「わかったから、茅ヶ崎に行こう。寒川神社にお参りしよう」

すっかりやりこめられて、そこでようやくわたしはダウンジャケットを脱いだ。

「まったく、むちゃくちゃだ」

トイレに入ってこぼしたものの、わたしは友紀子に感謝してもいた。

友紀子はきっと、わたしが彼女に内緒で幾人ものひとたちと連絡を取っていることに気づいていたのだ。さらに、それがわたしの過去に関わっていると察しているらしい。そうでなければ、このタイミングで茅ヶ崎行きを決めようとしてくるはずがなかった。

友紀子は、茅ヶ崎館で、わたしを問い詰めるつもりでいるのだろうか？　いや、友紀子はとにかく、わたしと一緒に茅ヶ崎に行きたいのだ。わたしを問い詰めるかどうかは、夫婦水入らずの旅のあいだに決めればいいと、例によってふところ深くかまえてくれているにちがいない。それなら、わたしもあれこれ策は弄《ろう》さず、いつものように列車に乗っていればいい。

茅ヶ崎行きが本決まりになったときに自分に言い聞かせたことを思い出しながら、わたしは友紀子と並んで小田原駅へと戻った。

コンコースの電光掲示板によると、つぎの上り電車は小田原駅始発の東海道線だった。十五分後に発車というから、そろそろドアが開くころだ。

エスカレーターでホームに降りていくと、ちょうど２１１系が入線してくるところだった。

「悪いけど、先頭車両に行って席を取ってるよ」

エスカレーターを駆け下りると、わたしはそのまま前方に向かってホームを走った。肩からデイパックを提げて、左手でキャリーバッグを引いているので、気持ちほどにはスピードが出ていないが、わたしは２１１系と並んで懸命に足を動かした。

午後一時すぎで、ほかに列車を待っているひとはいなかった。ふりかえると、友紀子がエスカレーターからホームに降りたところだった。

友紀子が笑顔で手をふってくれたので、わたしも走りながら右手をふった。

２１１系は、今年度中には東海道線から姿を消すことになっていた。国鉄末期の一九八六年に導入された通勤型電車で、オールステンレスの車体が特徴だ。それまで東海道線はみどりとオレンジのツートンカラーに塗られた１１３系が独占していたが、老朽化に伴い新型車両の開発が急務とされた。そこで登場したのが２１１系である。

例によって、かつてためこんだ知識が頭を横切ったが、この際そんなことはどうでもよかった。わたしが急いでいるのは、２１１系の先頭車両にある「特別席」を確保するためだった。

２１１系は運転席にくっついて二人がけの座席がついている。しかも、その座席の運転台側にも窓があるので、少し首を伸ばせば、すわりながらにしてフロントガラス越しに外の景色を楽しめるのだ。

２１１系がデビューしたのは、わたしが小学五年生のときだった。わたしは２１

1系の特別席にすわりたくて仕方がなかったが、茅ケ崎駅から乗ると電車はいつも満員で、途中で特別席が空くこともなかった。平塚駅で上りの始発電車が来るのをしつこく待ってみたこともあったが、当時はまだ113系が主流で、211系には滅多にお目にかかれなかった。

小学六年生の夏休みに、わたしは施設の先生に断わって、初めて「大回り」に挑戦した。

まずは香川駅から相模線で橋本《はしもと》駅に向かい、横浜線で八王子《はちおうじ》駅、八高《はちこう》線・川越《かわごえ》線で川越駅、さらに川越線で大宮駅に抜けて、そこから埼京《さいきょう》線で武蔵浦和《むさしうらわ》、武蔵野《むさしの》線で新松戸《しんまつど》、常磐《じょうばん》線・成田《なりた》線・総武《そうぶ》本線で千葉《ちば》に出て、東京駅に到着したときにはすっかり日が暮れていた。

わたしは東海道線用のホームに上がった。7番線には先発の113系が入線していて、帰宅するサラリーマンで満員だった。向かいの8番線にはまだ列車が来ていなかったが、すでに長い列ができていた。わたしは7番線でさらにそのつぎの電車を待つことにして、先頭車両の付近に立った。

やがて8番線にも113系が到着して、乗客を降ろしたあとに一旦《いったん》ドアを閉めて清掃が始まった。7番線の電車が発車すると、わたしは乗車位置の先頭に立ち、2

11系が来ることを祈った。東京駅から東海道線に乗るのは初めてだった。211系の特別席にすわるためだけに「大回り」をしてきたわけではないが、せめて一度はお目当ての席にすわってみたかった。

だから、本当に211系が到着したときは信じられなかった。鉄道ファンの友だちが一緒なら握手を交わしただろうが、あいにくわたしはひとりだった。

乗客が降りてドアが閉まり、清掃が始まると、わたしは急に不安になった。普通、運転席の後ろにある窓は、夜間やトンネルに入るときにはブラインドをおろしてしまう。背後から光が入るとフロントガラスに反射して、運転士は前方が見えづらくなるからだ。

わたしが狙っている特別席の前にある窓にもブラインドがおろされていたらどうしよう。でも、あの窓にはたしかブラインドはついていなかった気がする。

しかし、その記憶に自信はなかった。ドアの窓から覗《のぞ》いても、ブラインドがおりているかどうかはわからなかった。念願の特別席にすわれるのは嬉しいが、できることならその窓から景色を見たかった。運転士と同じ目線で、ライトに照らされた線路や架線が見てみたい。

清掃が終わるまでの時間は、果てしなく長く感じられた。

ドアが開くと同時にわたしは車内に飛び込んだ。右手の特別席にすわると、前方の窓にブラインドはおりていなかった。

「あのときは、嬉しかったなあ」

二十五年前の感動がよみがえり、わたしは自分の顔がほころぶのがわかった。

わたしと友紀子は、２１１系の特別席にすわっていて、前方の窓からは茅ヶ崎へとつづく東海道線の線路が見えた。発車のベルが鳴ると、友紀子がわたしの右手を取って、自分のおなかに当てた。

「動いた」

わたしが声を出したのと同時に、２１１系が走り出した。

第四話　相模線

小田原駅から乗った東海道線211系の先頭車両で、わたしは小学生のころに戻ったような楽しい気分を味わった。

運転席にくっついた横ずわりの座席から、フロントガラス越しに線路を眺められるのだから、鉄道ファンでなくともこたえられないだろう。それに、このところ新幹線か大阪環状線にしか乗っていなかったので、駅の区間が適度に長い近郊型列車に乗るのは久しぶりだった。

通勤電車の代表山手線では、駅と駅のあいだが二、三分ほどしかない。そのため、発車してスピードに乗ったと思うと減速を始めて、スムーズに停車することをくりかえす。

101系、103系、205系、そして現在のE231系まで、歴代の山手線車両にはその時々の最新技術が惜しげもなく詰め込まれているのだが、二、三分ごとに駅に止まられては、どうしたって列車に乗った気がしない。

一方、新幹線は速すぎる。在来線を走る特急電車の最高速度がおおむね時速一三〇キロ程度なのに、各駅停車のこだま号も最高時速はのぞみ号と同じ二七〇キロだ。超特急という名にふさわしいスピードだし、わたし自身も新幹線の整備点検にたずさわっているのだから、文句を言ったらバチが当たる。それでも、こうして東海道線の普通列車に揺られていると、新大阪駅から小田原駅まで乗ってきた新幹線が鉄道とは別の乗り物に思えてならなかった。

新幹線は防音壁に囲まれた専用の高架レールを走り、都市部ではより高い防音壁に覆われている。そのため新幹線の窓からは遠くの景色しか見えない。

今日だって、伊吹山《いぶきやま》が雪をかぶった姿はとてもよかった。浜名湖《はまなこ》では湖上をすべるように走り、友紀子も喜んでいた。ただし、富士山はすっかり雲に隠れていたので、見どころはその二ヵ所くらいだった。友紀子も居眠りをしている時間のほうが長くて、ほかの乗客も新幹線の旅を楽しんでいるようには見えなかった。

これが平日の夜ともなると、新幹線の車内はかなり乱れた雰囲気になってくる。出張帰りのサラリーマンのなかには席に着くやいなや背広を脱いでネクタイをゆるめ、靴まで脱いでしまう者もいる。そして、隣に女性の乗客がいようとおかまいなしで、缶ビールや缶チューハイを片手に成人雑誌や写真週刊誌を読み始めるのだから、エチケットもなにもあったものではない。

わたしが見るところ、こうした無神経な態度は新幹線の車内でとくに目立つように思う。東海道山陽新幹線でも、東北新幹線でも。長引く不況下で、サラリーマンたちはよほど鬱屈《うっくつ》を抱えているのだろうが、それにしてもひどすぎる。

ひょっとすると、新幹線という高速鉄道システム自体になにか問題があって、列車内でのマナーをないがしろにしてもいいような空気が生み出されているのかもしれない。

わたしはJR西日本に勤務する車両検査係だが、一度心理学の専門家に依頼して、新幹線が人々に与えている影響について調べてもらったほうがいいとさえ思っている。駅はどこもほぼ同じつくりだし、車内ものっぺりとしていて、新幹線には鉄道としての面白みが欠けている。

そんなことを頭の片隅で考えながらも、わたしは小田原から茅ヶ崎に向かう東海道線の景色を楽しんでいた。右手には相模湾が、左手には湘南平へとつづくこんもりした丘が見えた。

にぎやかな声が聞こえて、見ると向かいのシートに兄弟らしい子どもたちがすわっていた。いつ乗ってきたのかわからないが、靴を脱いでシートに正座をして、窓の外を楽しそうに眺めている。こちらから顔が見えないのに楽しそうだとわかるのは、二人のからだが揺れているからだ。列車の動きを全身で感じて、小刻みにリズムをとっている。

からだの大きさからすると、八歳と五歳といったところだろうか。兄弟の隣には母親がいて、二歳くらいの女の子を膝《ひざ》に抱いている。女の子はぐっすり眠っていて、母親も眠たそうだ。

そのうちに兄弟はケンカを始めた。きっかけはささいなことで、弟のほうがからだを揺らしすぎてお兄ちゃんにぶつかった。お兄ちゃんは弟の頭を叩《たた》き、弟が泣きながら反撃に出ようとした。そこで母親が目をさましたので、わたしはシートから立ち上がった。

「やあ、きみたち。電車は好きかい？」

知らないおじさんに声をかけられて、子どもたちがおどろいた表情でわたしを見た。

「おじさんはねえ、電車を造ってるんだ」

そう言うと、子どもたちの目が輝いた。そして、こちら向きにすわり直した。

「だから、電車のことならなんでも知ってるよ。きみたちは、よく東海道線に乗るの？」

お兄ちゃんが戸惑っている隙《すき》に、弟が先に答えた。

「よく乗るよ。これから、みんなで大船《おおふな》のおじいちゃんの家に行くの」

元気な声を聞きながら母親に目を向けると、そうですというように頷いてくれた。

「そうか。ところで、この電車は２１１系っていうんだけどね。もっと新しいＥ２３１系にも乗ったことがあるかい？」

今度はお兄ちゃんが頷いた。

「あるよ。東海道線と湘南新宿ラインと、両方のに乗った」

「そうか、よく知ってるなあ。それじゃあ、これからおじさんが電車クイズを出すよ」

子どもたちの目が三割増しの大きさになった。

「いいかい。今、きみたちがすわってる座席のように、電車の窓側に沿って、まっすぐ並んでいる座席のことを、なにシートというでしょうか？」

「ロングシート」

お兄ちゃんが即答して、得意顔になった。

「ずるい、僕だって知ってたのに」

弟が怒ったので、「じゃあ、つぎはきみが先に答えような」とわたしは慰めた。

「では、二問目。二人がけの座席が向かい合わせになっているシートのことは、なにシートというでしょうか？」

弟は、聞いたことはあるらしいのだが、なかなか思い出せないようだった。そこで、お兄ちゃんが耳打ちしようとすると、いやだというように首を横にふった。

「『ク』で始まるんだけどな」

わたしがヒントを出すと、「クロスシート」と答えて、弟が興奮した顔を母親に向けた。おかあさんは兄弟の両方に笑顔を向けて、嬉しそうに微笑《ほほえ》んだ。

「二人ともすごいな。でもね、これはまだ序の口だよ」

わたしの言葉に、お兄ちゃんはやる気を見せたが、弟のほうは「まだあるの？」とウンザリした声を出した。

「いいかい。今、きみたちが答えてくれたロングシートとクロスシートには、それぞれ別の呼び方があるんだ。○○方向の座席って呼ぶんだけどね。じゃあ、ロングシートは、なに方向の座席だと思う？」

質問の意味はわかったようだが、お兄ちゃんが首をひねっている。

「それじゃあ、ヒントをあげよう。線路に関係があるんだ。線路は、なにとなにで、できているかな？」

「ああ、なるほど」

おかあさんが先にわかって、すみませんというように首をすくめた。

「そうか。線路は、レールと枕木からできている。だから、ロングシートはレール方向の座席。クロスシートは枕木方向の座席ってことか」

お兄ちゃんは、「なるほど、そういうことか」と自分の答えに納得して、わたしを見上げた。

「おじさん、ありがとう」

利発な子どもに喜んでもらえて、わたしも嬉しかった。

「いいえ、どういたしまして。兄弟、仲良くな」

そう言って、おかあさんに会釈してから、わたしは友紀子の隣に戻った。

「さすが、おとうさん」

友紀子は小声で言って、わたしの肩を叩いた。

「電車のなかでは、スーパーマン以上だよね」

普段は無口で引っ込み思案だが、わたしは電車に乗っているときだけは積極的になった。網棚の荷物を取ってあげたり、満員電車から降りられずに困っているひとに道をつくってやったりと、自然にからだが動く。電車が好きそうな子どもに話しかけるのも、お手のものだ。

独身だったときは、仙台に出張した帰りは仙山線《せんざん》で山形《やまがた》に抜けて、新潟まで下り、さらに上越線と高崎線で東京に戻るというような手間のかかる移動をしていた。仙台から東北本線で青森に向かい、青森からは奥羽《おうう》本線を乗り継いで上野まで帰ってきたこともある。そのときは全行程を普通電車に乗ったので、丸二日以上もかかった。

もちろん、会社から休みをもらってのことで、各駅停車の電車に何時間も揺られているあいだに車掌さんと話をしたり、乗り継ぎの時間に駅員さんと話したりしながら、わたしは鉄道の旅を心ゆくまで楽しんだ。同じ電車に乗り合わせたひとたちともおしゃべりをした。

ところが、ひとたび電車を降りて、駅から離れてしまうと、わたしはとたんに人見知りになった。マクドナルドでハンバーガーを頼むのにも困るほどで、それがホームの立ち食い蕎麦屋なら、店のおばさんと気軽に話せるのだから、自分で自分がよくわからなかった。

われわれが乗った211系電車は二宮《にのみや》駅を発車して、つぎの大磯《おおいそ》駅に着いた。どちらの駅も昔と変わらず簡素なままだった。ホームには売店もなく、駅名を表示した案内板が立っているだけなのに、十五両編成の電車が停車するだけの長さがあるというのが、なんとも愉快だった。

平塚《ひらつか》市に入ると急にビルが増える。平塚駅を発車すればすぐに相模川で、幅広い河口の先には相模湾の白波が見えた。

馬入《ばにゅう》川の鉄橋を渡れば茅ヶ崎市だ。サザンオールスターズのおかげで、今や茅ヶ崎の知名度は横浜、鎌倉に次ぐというが、そこで少年時代をすごした者にとっては、どう見ても片田舎の町でしかなかった。

県庁所在地でもある横浜は全国第二位の人口を有する大都市で、幕末に開港されて以来の歴史的な建造物がいくつも残っている。中華街もあれば、みなとみらい21地区の高層ビル群もありと、バリエーションに富んでいる。

鎌倉はいわずと知れた武士の都であり、世界に名前を知られた観光地だ。建長寺《けんちょうじ》や鶴岡八幡宮《つるがおかはちまんぐう》をはじめとする社寺が数多くあるし、街にはおもむきのある家々が点在して、古都鎌倉の風情をかもしだしている。

それに比べて、茅ヶ崎にあるのは海と砂浜と松林だけだった。その砂浜も、この十年ほどで砂が激減して、往時の半分ほどの幅しかないという。海水の質も悪くなっているらしく、近年は海水浴客から敬遠されているとの記事がインターネットに載っていた。

わたしが小学一年生から中学三年生までお世話になった香川児童園は、海岸から五キロほど北に入った場所にあったから、烏帽子《えぼし》岩が浮かぶ相模湾の風景がそれほど懐かしいわけではなかった。

ところが、茅ヶ崎の空こそはわたしにとっての空であり、電車の窓から澄んだ青空を眺めているうちに涙がこぼれた。

「おとうさん」

友紀子がわたしてくれたハンカチでわたしは涙をふいた。楽しい思い出は電車のなかにしかないと思っていたが、それはわたしの思いちがいだったらしい。

やがて電車は茅ケ崎駅に近づいた。わたしは向かいにすわる兄弟とおかあさんに別れの挨拶をした。幼い妹は、まだ熟睡していた。

わたしは友紀子に手を貸しながら電車を降りた。茅ケ崎駅のホームに立つのは、香川児童園の閉園式に来て以来だから、十八年ぶりになる。

そのころ、わたしは埼玉《さいたま》県立浦和《うらわ》高校の定時制に通いながら、昼間は川口にある鋳物《いもの》工場で働いていた。本当は、鉄道学校として有名な岩倉《いわくら》高等学校か昭和鉄道高等学校に入りたかったのだが、成績は足りていても、私立の全日制高校に通うだけのお金はなかった。

運転士や車掌が無理でも、わたしはなんとかして鉄道に関わる仕事につきたかった。それならまずは鉄のことを知ろうと考えついたのは、中学三年生の夏休みだった。

担任の臼井《うすい》先生に相談をすると、いろいろと調べてくれて、神奈川県内の学校よりも、埼玉県内の夜学に通うほうがいいということになった。さらに寮のあるアルバイト先まで見つけてくれたのだから、今日《こんにち》のわたしがあるのは臼井先生のおかげだと言ってもいいくらいだった。

友紀子との交際が始まり、いよいよ自分の家族について話すことになったとき、両親も兄弟も親戚もいないと伝えたあとで、わたしは臼井先生のことを話した。

「すてきな先生と出会えてよかったね」

友紀子の言葉は本当に嬉しかった。

「ありがとう」と言ったきり、先をつづけられなかったのは、臼井先生はすでに亡くなっていたからだ。

わたしが大学を卒業する年の正月に、先生は磯釣りに出かけた石廊崎《いろうざき》で大波に掠《さら》われて溺死《できし》した。

「初日の出は伊豆半島の突端で拝む予定。おまえの卒業式には必ず行くぞ、って元旦に届いた年賀状が最後の手紙になってさ。お昼のニュースで先生が行方不明になっているのを知って、夕方には遺体が見つかった。一週間くらい、泣き明かした」

とぎれとぎれに説明するうちに、わたしは涙をこらえきれなくなった。

「先生に言われたことがあったんだ。おれみたいに肉親の愛情を知らずに育つと、どうしたって精神的に不安定になるって。おとなしそうに見えても、心の奥が荒《すさ》んでいて、なにかの拍子で爆発するんだって。ところが、臼井先生から見ると、おれはそんなことがなくて、たぶん鉄道好きだってことがいい影響を与えてるんじゃないかって言われてさ」

香川児童園は、小学生と中学生の合わせて五十名ほどが暮らす児童養護施設だった。わたしは小学一年生で入園したが、それ以前の記憶を無くしていた。また、どうして香川児童園に入ったのかという経緯も知らなかった。

香川児童園にいた子どもは、両親が共にいないケースは少なくて、八割近い子どもがどちらか一方の親はいるのに一緒に生活できないために施設にあずけられていた。

理由はさまざまだった。父親がアルコール依存症のうえに暴力癖があったため保護されたケース。母親の再婚相手からうとまれて、母親も夫に同調したため食事を与えられずに保護されたケース。女性が望まない妊娠をして、未婚の母として出産したものの、生活能力がないために子どもを施設にあずけたケース等など。

共通しているのは、そうした事情が施設で暮らす仲間たちに知られていることで、それがしばしばケンカの種になった。つまり、自分の親はおまえの親ほど酷《ひど》くはないといって、相手を見くだすのである。もちろん、見くだされたほうも黙ってはいないので、取っ組み合いのケンカが始まる。そうかと思うと、学校では香川児童園の子どもたちが徒党を組んで、仲間をいじめた相手に仕返しをするというので、よく問題になった。

わたしは施設の仲間からケンカを売られたことがなかった。それは、わたしの親に関する情報がまったくなかったからだ。どんな親でもいるほうがいいのであって、わたしのように親についての記憶さえないというのは、最も惨めな状態だと見なされていた。

もっとも、わたし自身は、親がいないことをさほど気にしていなかった。むしろ、親がいるために、親との関係にとらわれてしまっている子のほうをかわいそうに思っていた。

コウタ君は、わたしと同じ歳の男の子だったが、「いつか親父《おやじ》を殺してやる」というのが口癖だった。父親は酒乱で、母親はコウタ君が三歳のときに家出をした。一歳の妹は連れていったが、コウタ君は置き去りにされた。それなら、母親のことも恨めばよさそうなものだが、コウタ君は「いつか親父を殺してやる」と言ってきかなかった。

ナオキ君は、両親を知らなかった。ただし、どちらも生きていることはわかっていて、なんらかの事情により、生後半年で施設にあずけられた。おそらく未成年者同士のあいだから生まれたのだろうと、ナオキ君は推測していた。いずれ家庭裁判所に請求して、自分の両親の名前と連絡先を教えてもらう。そして、たった一度でいいから、父親と母親に会いたいのだと、くりかえし言っていた。

わたしには、コウタ君やナオキ君のような、自分の親に対するこだわりがなかった。

「どうして、おれは親がいなくても平気なのかな？」

香川児童園の仲間たちが、両親に対する愛憎が入り交じった感情にとらわれているのを目の当たりにするたびに、わたしは自分を不思議に感じた。わたしだって、両親がいないことを不安に思うことはあった。そんなときは、線路脇に立って相模線が来るのを待っていると、自然に気持ちが落ち着いた。

「おまえの心は荒んでいない。不遇な境遇で育ったからといって、心が荒むとは限らないということを、おまえから学んだよ」

臼井先生にそう言われたときには、ようやく自分を理解してくれるひとがいた嬉しさで、わたしは涙が止まらなくなった。

「臼井先生が言いたかったことは、わたしにもわかる気がする。男のひとでも、女のひとでも、さみしがり屋のひとっているでしょ。少し仲良くなっただけで、相手が自分のなにもかもを理解してくれるって思い込んで、特別扱いしないと拗《す》ねたり、ちょっとしたことで裏切られたって泣きわめいたりして」

たしかに、わたしはそうした独りよがりな態度をとったことはなかった。

「そうかといって醒《さ》めているわけでもないし。わたしには、ちょうどいいあたたかさやで」

最後だけ関西弁で言うと、友紀子は顔を赤くしてうつむいた。二度目に、二人だけで会った日のことで、このひとはわたしと結婚してくれるつもりでいるのかもしれないと思い、わたしも顔がほてった。

「おとうさん」

友紀子に肩をつつかれて、わたしはわれにかえった。わたしたちは茅ケ崎駅のホームの端から跨線橋《こせんきょう》がある中央付近までゆっくり歩いていた。東京行きの上り電車が行ったあととあって、ホームにはほとんどひとがいなかった。

「どうしたの？　久しぶりの茅ヶ崎で、いろいろ思い出しちゃった？」

「うん、そのとおり」

明るく返事をして、キャリーバッグを引いたわたしは身重の妻をかばいながら跨線橋のエスカレーターに乗った。

東海道線の車内アナウンスで聞いていたが、乗り継ぎの相模線が発車するまでには二十分もあった。いくら土休日用のダイヤで、昼間の時間帯とはいえ、一時間に三本というのはローカル線もいいところだ。

「こんな調子だから、子どものころにいくら線路脇で待っていても、ちっとも相模線が来なくてさ。夕方や夜になると少しは本数が増えるんだけど、その時間帯は外に出られないだろ。でも、相模線が通る音が聞こえるだけで嬉しかった。そうだ、相模線は警笛をやたらに大きな音で鳴らしたんだよ。あれはたぶん気動車だったからなんだろうな。子どもだから、大きな音を喜んでいたけど、線路沿いに住んでいたひとは、かなりうるさかったはずだよ。おまけに単線だろ。終点の橋本まで行こうと思ったら、途中の駅で反対方向の列車が来るのを待つから、時間がかかって大変なんだ。走っている時間と、停車してる時間の合計が同じくらいでさ。まあ、山陽新幹線のこだま号でも似たようなことになってるけどね」

昔の記憶がつぎつぎによみがえり、わたしは興奮して話しつづけた。

跨線橋を渡って相模線のホームに降りると、友紀子がコートの前を合わせた。茅ヶ崎は大阪よりもよほど暖かいはずだが、湘南地方といっても冬は冬だった。寒川神社の最寄りの宮山《みややま》駅は、相模線で四駅目だ。

「もうすぐ来るから」

階段を降りたところが最後尾の車両が止まる位置で、そのまま待っていると五分ほどして相模線が到着した。

ステンレスボディーの205系だが、埼京線や横浜線とは前面がちがっている。普通の205系は、101系や103系とよく似た丸形ライトなのに、相模線に導入されている205系500番台のライトは長方形だった。205系ではほかに類を見ないタイプのマスクで、おまけにシングルアームのT型パンタグラフとあって、かつて相模線が首都圏でも数少ない非電化路線だった時代を知る者としては、なんとも面映《おもはゆ》い感じがした。

一月十二日でも初詣《はつもうで》に行くひとはけっこういて、相模線から降りてきたひとたちは手に手に破魔矢や熊手《くまで》を持っていた。

「さあ、乗ろう」

友紀子を入ってすぐのシートにすわらせると、わたしは相模線の運転席を覗いた。外見はほかの205系とちがっていても、電気系統や内部の構造は同じなので、運転席には後付けの機器がいくつもついていた。速度計もアナログで、針がモーターの振動で細かくふるえているのが、いかにも相模線という感じだった。

そういえば、相模線では一九九一年三月に電化されるまで、駅でタブレットを受け渡していたはずだと、わたしは思い出した。

タブレットとは、列車同士の追突や衝突を回避するために用いられる通行手形のようなものだ。路線をいくつかの区間に区切り、その区間内にはタブレットを持った列車しか入れないようにすることで事故を未然に防ぐ。こうした方式を「タブレット閉塞《へいそく》」といい、一八七〇年代のイギリスで開発された。

タブレットは直径五センチほどの円形をした金属片で、それが小銭入れのような皮革製のバッグに入っている。バッグには受け渡しに便利なように大きくて丈夫な輪がついていて、貨物列車の機関士がホームを通過しながら駅員が差し出すタブレットを腕に引っかける場面を目撃したこともあった。

「おとうさん、ちょっといい？」

ふりかえると、友紀子がおかしそうな顔で手招きしている。

「どうした？」

車内はだいぶ混んでいて、友紀子の隣の席も埋まっていたので、わたしは妻の前に立った。

「相模線のドアって、お客さんが自分でボタンを押して開け閉めするんだね」

右手で口を隠しながら小声で言うと、友紀子はうつむいて笑いをこらえた。

ちょうど乗ってきた女性が車内側のボタンでドアを閉めて、なるほど初めて見るひとには面白いだろうと、わたしは納得した。

「さっきも言ったけど、単線だから反対方向から来る列車をホームで待つことがある。そのあいだ、ドアを開けっ放しにしていると寒いからさ。暖房分の電気代の節約にもなるしね。関西でだって、新快速の車両にはあのボタンがついてるんだぜ。大阪府内でドアの開閉がボタン操作に切り替わることはないけど」

北関東や東北、それに北海道では当たり前のことだとつけ足して、わたしは乗客が乗るたびに開け閉めされるドアを見ていた。

「そういえば、中学生だったころ、外側の開ボタンが押された瞬間に内側の閉ボタンを押してドアが開かないようにしていた高校生がいたなあ。そしらぬ顔で何度もくりかえしてさ。車掌さんに見つかって、こっぴどく怒られてたけど」

そのとき、ホーム側のドアが一斉に開いて、車内アナウンスが流れた。

「橋本行きの電車は、あと一分ほどで発車いたします。なお、寒川神社にお出かけの方は、寒川駅ではなく、寒川駅の次の宮山駅でお降りください。お間違えのないようにお気をつけください。くりかえし、ご案内申しあげます」

「おとうさん、運転席のところから線路を見たいんでしょ。あっ、うしろだから車掌さんの席か」

「いいよ、ここからでも景色は見えるから」

小田原駅で東海道線に乗り換えてからというもの、わたしの頭には茅ヶ崎ですごした小中学生時代の記憶がつぎつぎによみがえってきた。これから宮山駅に向かうあいだにも、相模線や香川児童園にまつわるいくつもの思い出が頭をよぎるのだろう。つらい思い出のほうが多いのはわかっていたから、顔に出て友紀子に気づかれないようにしなくてはと、わたしは自分に言い聞かせた。

もうひとつ、あらためてわかったのは、わたしは幼児期の記憶が本当に欠落しているということだった。

昨年の七月に、思いもよらないかたちで自分の過去を知ってからというもの、わたしはなにかのきっかけで五歳以前の記憶が劇的によみがえるのではないかと期待してきた。たったひとつでもいいから、わたしは父や母にまつわる出来事を思い出したかった。

友紀子は三、四歳だったころのことでもかなり鮮明におぼえていた。一番古い記憶は一歳の誕生日で、おとうさんが作ってくれたガラス製の花に手を伸ばした光景をおぼえているという。

「あたしの勘違いかもしれへんけどな。でも、幼稚園に行ってた五歳のときに、とつぜん思い出してな。家に帰ってから、おかあちゃんに訊いたら、そりゃあ、あんたの一歳の誕生日だって言われて、おぼえてることを詳しく話してみいって言うから、大きな手のひらにきれいなお花がのってて、それに向かって自分が進んでいくわけ。ほんの十秒くらいの映像なんやけど、ほんまにそのとおりやったんやて」

結婚した年の正月に彼女の実家で聞いたので、家族にまじった友紀子は関西弁で得意げに話した。

「なあ、あたし、けっこう頭もよかったんやな。だって、一歳の記憶があるって、ちょっとすごいで」

友紀子が同意を求めても、おとうさんもおかあさんもそっぽを向いて取り合わなかった。二人のそっけない態度は、友紀子をからかっているようにも、わたしに気をつかってくれているようにも見えた。

実家の一階にあるガラス工場で働いているおとうさんは実直な方で、昔ながらの製法で手作りをしている皿や花瓶には人柄がよく表れていた。大阪生まれの大阪育ちにしては冗談ひとつ言わず、口がよくまわるおかあさんとはいいコンビだった。

「ほら、これがさっき話したガラスの花束」

実家から歩いて十五分ほどのアパートに戻ると、友紀子がアクセサリー箱を持ってきた。

「なあ、きれいやろ」

彼女の手のひらにあったのは、ガラス製のれんげの花束だった。縦三センチ、横二センチほどの小さなもので、ピンク色の花とみどり色の茎、それに蝶《ちょう》結びにされた白いリボンがかわいらしかった。おとうさんがお姉さんと友紀子とにひとつずつ作ってくれたものだという。

「おかあちゃんが、これは絶対に売れるからたくさん作りってすすめても、おとうちゃんはいややって言ってな。細かすぎて目が痛うなるんやて。それに壊れやすいものはあんまり作りたないんやて」

友紀子は母親よりも父親に肩入れしているようすで語り、わたしが返したれんげの花束を大切そうに箱に戻したのだった。

わたしにも両親との思い出の品があったら、その品にまつわる出来事を思い出せるかもしれないと思っても、それが無理だということはわかっていた。

昨年の七月に偶然手に入れた六本のカセットテープを聴いた結果、わたしは自分の両親が誰なのかを知ろうとするのを諦めた。今さらどうあがいてみたところで、両親がどこの誰だったかを調べるすべがないことを、わたしは納得させられた。

それならせめて記憶をよみがえらせたい。そうすれば、少しは過去を取り戻したことになると思い、わたしは手始めに函館まで行って展示されている摩周丸に乗ってみた。しかし、なにひとつ思い出すことはなかった。

二月書房の福士百合子さんに指摘されたように、東室蘭駅のホームに立つことが記憶を取り戻すための一番のきっかけになることはわかっていた。ところが、わたしは時間がないのを理由にして、函館で引き返してしまった。

どうして、わたしは東室蘭駅に行かなかったのだろう？　もしかすると、内心では、わたしは記憶がよみがえらなくてもかまわないと思っているのだろうか？

宮山駅で相模線を降りると、寒川神社につづく参道を歩き、わたしと友紀子は本殿に向かって手を合わせた。わたしは妻の安産とわが子の無事な誕生を祈った。それから安産御守と犬帯を買った。おみくじは二人とも引かなかった。


「茅ヶ崎って、いいところだね」

波の音が聞こえる宿の部屋で、座布団にすわった友紀子が言った。

「この旅館が特別なんだよ。こんないい宿があるなんて知らなかった」

『東京物語』で有名な映画監督の小津安二郎《おづやすじろう》が定宿にしていたという茅ヶ崎館は、古い木造の二階建てだった。部屋にトイレはなく、板張りの廊下は歩くと軋《きし》んだが、今どきの旅館やホテルにはない落ち着きと温《ぬく》もりが感じられた。

友紀子が海を見たいと言うので、わたしたちは散歩に出た。

仲居さんに道順を訊いて、南向きの庭から階段で路地に下りれば、一〇〇メートル足らずのところに国道１３４号線が走っていて、松林の向こうは相模湾だった。

夕暮れどきで風が強かった。浜辺にいられたのは二、三分だが、夕日を背にした富士山に友紀子は感激していた。

インターネットの記事にあったとおり、茅ヶ崎海岸の砂浜はかなり幅が狭くなっていた。それでも左手には、江の島から鎌倉に続く海岸線がゆるやかな弧を描き、三浦半島の奥には房総半島が見えた。右側に顔を向ければ、箱根と伊豆の山々が連なって、夕日に染まる相模湾はまさに絶景だった。

宿に戻り、夕食と入浴を済ませて、友紀子とわたしは布団に寝ころんだ。

「茅ヶ崎って、本当にいいところだね」

友紀子が、さっきと同じように茅ヶ崎を褒めた。

「いい天気で、良かったな」

わたしが言うと、友紀子が答えた。

「この子が生まれたら、また来ようね」

「ああ。今度は夏にして、海で泳ぐか。そういえば、友紀子は泳げるのかよ」

「どっちかっていうと苦手。大阪には海水浴場なんてないもん」

「そうだな。プールだって、そんなにないしな。よし、男でも女でも、おとうさんがちゃんと泳ぎを教えるからな。安心して生まれてこいよ。いや、そうか、きみはこのところずっと水に浮いてるんだったな」

わたしは妻のおなかに向かって話しかけた。

「外の世界は楽しいぞ。おとうさんやおかあさんといっぱい遊ぼうな」

わたしにとって最も賢明な態度は、これ以上自分の過去にこだわらないことだ。過去を取り戻すために時間を費やすのではなく、生まれてくる赤ん坊や友紀子とつくる未来を豊かなものにしていけばいい。

理屈ではわかっていても、それで本当に気がおさまるかどうかは、なんとも言えなかった。ただ、友紀子にせがまれて茅ヶ崎まで来たことで、わたしは自分が抱えている問題をより明確に意識できた。

友紀子はそこまで考えて、茅ヶ崎行きをせがんだのだろうか。

「そうだとしたら、おれは一生頭が上がらないな」

胸のうちで唱えると、「なあ、おい。実は、おれの両親はな」と声が出た。

友紀子からの反応はなく、やがて寝息が聞こえてきた。なんとも穏やかな寝息で、おなかの赤ちゃんにも聞こえているにちがいないと思うと、わたしはこれ以上の幸せはないのだと確信した。

それでもなお、失われた過去を気にする自分がいることを情けなく思ううちに、わたしも眠りに引き込まれていった。

第五話　雑誌「鉄道の友」

友紀子をともなっての茅ヶ崎行きから大阪に戻ると、わたしは仕事に打ち込んだ。小学生のころからの鉄道ファンが大人になって電車の整備点検をしているのだから、残業がつづいてもわたしは倦《う》んだり飽いたりしたことがなかった。

世の人々は、サラリーマンはもちろん、小学生までもがストレスを抱えて生きているらしい。わたしだって急な出張を告げられればムッとする。まして、駆けつけた先で、一編成十両の地下鉄を一晩で点検してくれと頼まれたら、「そんな無茶な」と言い返したくもなる。

それでも、どの鉄道会社だって車両の数に余裕がないのはわかっているし、この電車は自分が点検をしてやればすぐに走り出せるのだと思うと、つい頑張ってしまう。しかも、大好きな電車に思うぞんぶん触れるのだから、気がつくと愚痴をこぼすのも忘れて夢中になっている。

どんな仕事だって、本当はそうなのではないだろうか。いろいろ不満を抱えながらも、自分がきちんと働けば物事はうまくまわると思うから、損得を二のつぎにして、ひとは仕事に励むのだ。

今さら言うまでもないことを度々自分に言い聞かせたのは、わたしが自分の過去に関する探索をもう終わりにしようと考えていたからだ。

友紀子の出産予定日は四月一日だった。生まれてくる子どもの誕生日がエイプリル・フールとは、ウソのような本当の話で、どうせならそのとおりに生まれるといいと、わたしは思っていた。インターネットで検索したところによると、四月一日に誕生した子どもは早生まれの扱いになるという。したがって、四月二日生まれの子どもからがつぎの学年になる。詳しい理由は忘れてしまったが、早生まれと遅生まれの法的な線は四月一日と二日のあいだに引かれていた。

エイプリル・フール生まれをいやがるひともいるようで、一日前にずらして三月三十一日生まれとして出生届に記載してほしいと医師に頼む親もいるらしい。学年の最後よりも、一番最初のほうがいいからと、四月二日にしてほしいと頼む親もいるという。

昔は満年齢ではなく「数え」で歳を計算していた。生まれたときが一歳で、元日に国民が一斉に歳をとっていたため、十二月生まれだと誕生からひと月足らずで二歳になってしまう。それはあんまりだと、十二月生まれの子どもは一月一日生まれとして届けることが多かったという。医師や役所のほうでも、誕生日というものをそれほど厳密に考えていなかったわけだ。

誕生日をずらしたいという発想は、そのころの名残《なごり》なのかもしれない。しかし、最近では親のそうした要望に応じる産科医はまずいないという。出生した日の書き換えは公文書偽造に当たるからで、インターネットが普及した現在では噂がすぐに広まって、医師が罪に問われないとも限らない。

友紀子は一本気な性格だから、四月一日に生まれてほしくないなどとは、これっぽっちも考えていないだろう。わたしもいつ生まれてもかまわなかったが、予定日どおりの四月一日に生まれたら面白いという気はしていた。

友紀子は赤ん坊の性別について、生まれるまで教えないようにしてほしいと、医師や看護師に頼んでいた。無痛分娩をすすめられても断わって、陣痛誘発剤なども使わず、できるだけ自然なかたちで産みたいという。

「あたしと赤ちゃんと力を合わせて、産む・生まれるということを、頑張ってみたいねん。もちろん、おとうさんも応援してや」

出産の場に立ち会うことになっていたので、わたしは予定日の前後一週間は出張を入れないでほしいと、すでに上司に願い出ていた。本当は出産に立ち会うのが怖かったが、おなかが大きくなるにつれて迫力を増してくる友紀子の手前、そんな弱気はおくびにも出せなかった。

わたしは産科の通院にもできるだけつきそうようにしていた。友紀子がわたしの都合に合わせて定期健診の日を予約していたからで、近所の開業医ということもあり、医師や看護師さんたちともすっかり顔馴染みだった。

医師は六十代半ばの男性で、Nゲージのマニアだという。

「JR西日本の車両検査技師とは、うらやましい限りですなあ。本気で仕事を替わっていただきたい。どうです、明日は白衣を着てみませんか。なあに、検査は看護師まかせで、いかにもわかったような顔で頷いているだけなんですからね」

ロマンスグレーで長身の医師は冗談好きで、「先生、つぎの患者さんが待っておられますから」と看護師にたしなめられるのが常だった。

「お姉ちゃんもうちも、あの先生にとりあげてもらっててな。おとうちゃんの兄弟は、みんな先代の先生のお世話になってる。親子で名医ってことになってて、疑うわけやないんやけど、なんや口が軽いやろ。いまいち信頼でけへんねん」

友紀子はおなかが大きくなるにつれて、わたしと二人でいるときにも関西弁で話すことが増えた。本人は無意識なので、「あれ、あたし今、うちって言うてたねえ」と気づいて首をかしげたりした。

友紀子の懸念は的中し、一月半ばの健康診断でエコーの画像を見ていた医師が口をすべらせた。

「でもな、『おお、ちんちん』は失礼やと思わへん。真顔であやまってたから、うちもあれ以上は文句を言わんかったけどな」

友紀子は産婦人科医院の玄関を出たところでそうぼやき、これ見よがしにため息をついた。

「それが判別の決め手なんだからしかたないさ」

わたしがなだめても、「いやや」と友紀子は首を横にふった。

「うちはな、何時間も陣痛に苦しんで、はあはあ言いながら、息も絶え絶えになった末にようやく赤ちゃんを産んでな、そこでおとうさんから『元気な男の子だぞ』か、『ユキに似てかわいい女の子だぞ』のどっちかを言われるのが夢やったんや。それをあの藪《やぶ》医者が台無しにしくさって」

荒っぽい言葉づかいのわりに友紀子は上機嫌で、「でもな、男の子で良かったわ」と白状した。

「うちは、女二人きょうだいやろ。お姉ちゃんとこも二人とも女の子やし。だからな、男の子やったら嬉しいなって、ずっと思ってたんや。寒川神社でも、そっとお願いしててな。女の子がいややってわけやないけどな」

家に戻ってひと休みすると、友紀子は実家に電話をかけた。両親も、赤ちゃんが男の子だということがよほど嬉しかったようで、一・五キロほどしか離れていないこともあり、まもなく日本酒の一升ビンを提げてお祝いにやってきた。

「でかしたでかした。盆と正月が一緒に来たとはこのことや」

いつもは無口なおとうさんは興奮さめやらぬといった様子で、わたしに持たせた一合枡《ます》になみなみと酒を注《つ》いだ。

「男の子かて、女の子かて、どっちだってええんや。でも、男の孫は初めてやからな。めでたいめでたい。さあ、お祝いやでえ」

おかあさんは日ごろの元気に輪をかけた得意顔で、友紀子の頭をなでたり、おなかをさすったりした。

わたしが男の子だとわかったときも、わたしの両親はこんなふうに喜んだのだろうか。ふと浮かんだ疑問をふり払おうと、わたしは枡の酒をあおった。

そうして一月は無事にすぎた。わたしは一日に何度もカレンダーを見ては、出産予定日までの日数をカウントした。今年は閏年《うるうどし》なので、二月は二十九日まであるのを恨めしく思いながら、あと六十日、あと五十九日と数えていく。

はた目には、子どもの誕生を待ちわびているように見えただろう。わたしだってそのつもりだったが、子どもさえ生まれれば、自分の過去へのこだわりが自然に消滅していくのではないかという期待もあった。

少し前までは、失われた記憶を取り戻せないうちは、安心して子どもに愛情をそそげないのではと、わたしは不安だった。そうこうするうちに出産まで二ヵ月となり、もはや無駄なことに時間を費やしている暇はなかった。

早く赤ん坊に翻弄《ほんろう》されたい。日ごとに成長していく赤ん坊と暮らす日々のなかで、友紀子は母親となり、わたしも少しずつ父親らしくなっていけるのなら、ほかに望むことなどないと、わたしは心から思うようになっていた。

土岐田さんからメールが届いたのは、そんなときだった。

〈DD13君へ　年賀状をいただきっぱなしですみません。少し気が早いのですが、出産祝を用意したので、久しぶりに心斎橋筋の事務所までお出でになりませんか。

二、三相談したいこともあるので、きみの都合を知らせてください。ＢＴなは〉

「ＢＴなは」は、「ブルートレインなは」の略称で、雑誌「鉄道の友」編集長兼発行人である土岐田祐一さんのニックネームだった。一方、「ＤＤ13」は相模線を走っていたディーゼル機関車で、朱色に塗られた車体で貨車を引く姿はたくましく、わたしのハンドルネームにしていた。

土岐田さんからのメールが届いたとき、わたしはＪＲ西日本の博多総合車両所でＮ７００系新幹線の定期検査に追われていた。一月末から十日間の予定で出張に来ていて、大阪に戻るのはあさってだった。連日連夜働きづめで、このクールが終われば丸三日間休めることになっていた。

〈そういうわけですから、大阪に戻った翌日、つまり二月十日金曜日の夕方にうかがうのでもよろしいでしょうか？　そちらのご都合が悪い場合にのみご連絡ください。〉

午後三時からの休憩時間にすぐに返信したものの、土岐田さんと会うのは正直に言えば気が重かった。

その日の夜、ＪＲ博多駅近くのビジネスホテルの一室で、わたしは土岐田さんからのメールを読み返して深いため息をついた。

数えてみれば、土岐田さんとのつきあいも二十年近くになる。雑誌「鉄道の友」の編集長兼発行人だが、憧れの目で見ていたのは最初の二、三年だけだった。その後は、雑誌の仕事を押しつけてきたり、編集部内にごたごたを起こしたりで、むしろ厄介なひとというイメージのほうが強かった。しかし、ほかに代えがたい人物であり、土岐田さんと出会わなければ、わたしは今のわたしになっていなかっただろう。

土岐田祐一さんが編集していた「鉄道の友」は、「鉄道ファン」「鉄道ジャーナル」につぐ鉄道専門雑誌だった。ただし、季刊なので年に四回しか発行されない。「鉄道ファン」の創刊は昭和三十六年、「鉄道ジャーナル」はやや遅れて昭和四十二年に創刊された。どちらも月刊で、最新型車両の紹介や、引退していく車両の特集がメインになっている。上質なツヤ紙にカラー写真をふんだんに載せて、列車の構造についても専門的な見地から解説する記事は、われわれプロの車両検査技師にとっても大いに役立っていた。

以前勤めていた東京車両製作所の資料室には「鉄道ファン」と「鉄道ジャーナル」のバックナンバーがすべてそろっていたし、わたしも出張の際には各地の古本屋を小まめにまわって買い集めたので、家の本棚にはかなりの冊数が並んでいた。

そんな老舗の二誌に対して、平成元年創刊の「鉄道の友」は鉄道に関わるひとたちの紹介に比重を置いた編集が特徴だった。引退する車両については、開発にたずさわった技術者や、運転士や車掌としてその列車と長い年月を共にしてきたひとたちのインタビューが載せられて、他の二誌にはない独特の読みごたえがあった。

「鉄道の友」の創刊は、わたしが中学二年生のときだった。それまでも「鉄道ファン」と「鉄道ジャーナル」は近所の書店で毎月の発売日に立ち読みをしていた。店のおばさんに煙たがられて、読んでいる最中にハタキで頭をはたかれるのはしょっちゅうだったが、わたしは二つの雑誌の全頁に目を通すまでは頑として帰らなかった。どちらも八百円近い値段だったので、買うのはとても無理だった。

そんなわけで、「鉄道の友」の創刊号にはすぐに気づいた。期待に胸を躍らせながら頁をめくると、写真が少ない。ツヤ紙でない頁もあって、そこには鉄道関係者のインタビューがびっしり載っていた。

「鉄道ファン」や「鉄道ジャーナル」とは異なる雰囲気に、中学二年生のわたしは違和感をおぼえた。最後の頁には、「発行所＝（株）鉄道の友社　大阪府大阪市中央区心斎橋筋」とあって、「大阪か、だからだな」とわたしはいい加減な納得の仕方をした。

中学卒業と同時に茅ヶ崎市の香川児童園を出て、埼玉県立浦和高等学校の定時制に通いだしたときから、わたしは「鉄道の友」を購読するようになった。川口の鋳物工場でのアルバイト代に加えて、日本育英会からの奨学金も得ていたので、千円くらいの出費はどうにかなった。

「鉄道の友」は読者からの投稿もよく載せていた。わたしは雑誌に付属の葉書に感想や意見を書いて、毎号必ず投函した。三ヵ月ごとの季刊なので、全頁の内容を暗記するほど読み込んだ。

編集長兼発行人である土岐田祐一さんからの封書が川口のアパートに届いたのは、高校二年生の六月だった。

〈いつも熱意溢れる葉書をありがとう。近々上京の予定があるので、よろしければ会って話をしませんか。〉

ありがたい手紙をいただき、わたしは近くの公衆電話から「鉄道の友」編集部に電話をかけた。出たのは土岐田さんで、すぐに話が通じたが、大阪なのでテレホンカードの度数がどんどん減っていくのが心細かった。

翌週の日曜日に、秋葉原駅近くの交通博物館内にある食堂で待ち合わせることになり、あまりの嬉しさと緊張とで前日の晩は一睡もできなかった。

「やあ、ぼくが土岐田です」

目印になるように詰め襟の学生服で出かけていったわたしは、土岐田さんが若いのにおどろいた。編集長というからには、背広を着た中年男性を想像していたのに、土岐田さんは革のジャンパーにジーンズというラフなかっこうだったので、よけいに若く感じたのだろう。

「ぼくは三十三だから、きみとは十七ちがうのか」

「鉄道の友」の創刊は三年前なので、土岐田さんは弱冠三十歳で雑誌の刊行に乗り出したことになる。どうしてそんなことが可能だったのだろう？　わたしは不思議な気持ちで、自分の前にすわる童顔の男性を見つめた。

「ぼくのことより、きみのことを聞かせてよ」

わたしの疑問を察したうえでの要望にこたえて、わたしは自分と鉄道の関わりを話していった。

交通博物館の本館四階にあった「こだま食堂」は食堂車を模したつくりになっていた。わたしはオレンジジュースを飲みながら、相模線の香川駅を起点とする「一筆書き」から始まった鉄道ファンとしての経歴を語った。

話の流れで、児童養護施設で育ったことにも触れたので、そのときには土岐田さんの表情がくもった。

「話しづらいことまで教えてくれてありがとう。おかげで、きみから送られてくる葉書にただよう、鉄道に対する並々ならぬ執着がどこから来ているのか、少しわかった気がするよ」

わたしがあいまいに頷くと、土岐田さんはぎこちなく笑った。

そこで食堂を出て入り口まで戻り、土岐田さんとわたしは交通博物館の展示を一緒に観《み》た。二〇〇七年に大宮に新設された鉄道博物館とちがい、神田須田町《すだちょう》の交通博物館には船舶や航空機や自動車に関する展示もあった。天井から吊《つ》るされた古い複葉機とスバル３６０のことはよくおぼえている。

土岐田さんによると、「鉄道の友」を創刊する三年前に父親が急逝した。一代で財を成した実業家で、後妻の子どもである土岐田さんは亡父が六十二歳のときに生まれた。事業は先妻の息子が継いでいて、土岐田さんはまとまった額の現金と、六甲山麓の別邸を遺産として相続した。

「ぼくはマスコミ志望で、本当は新聞記者になりたかったんだ。だけど、のきなみ試験に落ちてね。唯一内定を出してくれた大阪のローカルテレビ局に入社した。ところが、まるで肌が合わなくてさ。どうしようかと悩んでいたところに親父がうまいことおっ死《ち》んでくれたんで、これ幸いと雑誌を始めることにしたんだ」

鉄道の専門誌にしたのは、子どものころから電車が好きだったのと、競争相手が少ないところに目をつけての選択だった。

「ぶっちゃけて言うと、なんでもいいから雑誌を出したかったんだ。それに鉄道について本格的に調べ始めたら、いろいろ面白くてね」

「鉄道の友」は創刊当初から評判も上々で、「鉄道ファン」や「鉄道ジャーナル」には部数で及ばないながらも、安定した売れ行きを維持している。ただ、匿名による座談会が鉄道各社からにらまれていて、近ごろは企画を立てづらくなっているとのことだった。

「鉄道会社っていうのは、経営者側も労働者側も頑固というか、実にプライドが高くてね。つまり、鉄道こそが日本のメイン産業だと信じて疑わないんだな。そうじゃなけりゃあ、ストライキなんて打てはしなかっただろうけどさ。国鉄時代には、何百万もの人々の暮らしに影響が出るのを承知で、始発から何時間も電車を動かさなかったんだからね。とんでもない迷惑だったけど、あのころの国労《こくろう》や動労《どうろう》のパワーはすごかったんだと、今にして思うよ」

土岐田さんは感慨深げに話したが、ストライキに困らされた経験がないわたしには今ひとつピンと来なかった。

「とにかくさ、国鉄が分割民営化されたといっても、どのJRでも労使の対立は根強く残っているし、私鉄だって事情はさほど変わらない。電車が好きだからという理由だけで入社したらエラい目にあうよ。その点、列車を製造している会社のほうが労使の対立がいくらかゆるいから、そっちのほうがお勧めだね」

それから土岐田さんは川崎重工や東京車両製作所といった会社の印象を語った。また、事務職としてよりも、技術者として鉄道に関わるほうがいいと思うとも言った。わたしは工業大学の二部に進学しようと考えていたので、そのことを伝えると、土岐田さんも賛成してくれた。

「ぼくでよければいつでも相談に乗るから、また連絡してくれよ。それと、七月に出る夏号から、きみに雑誌を献呈するんで、これまで以上に熟読してくれよな」

このあとも予定があるとのことで、夕暮れの街に去ってゆく土岐田さんのうしろ姿を見送りながら、わたしは自分の人生に訪れた幸運に感謝していた。

大阪の心斎橋筋にある「鉄道の友社」を初めて訪ねたのは、志望大学に合格したあとの三月半ばだった。

東京駅から岐阜《ぎふ》県の大垣《おおがき》駅までを直通で走る東海道本線の夜行列車、通称「大垣夜行」に乗って、わたしは西に向かった。修学旅行以外で関西に行くのは初めてだったが、鉄道ファンの習いで、時刻表さえあれば怖いものなどない。

大阪のあとは山陽本線を乗り継いで下関《しものせき》まで行く。九州には入らず、下関で折り返して、今度は山陰本線でひたすら東に向かう。福知山《ふくちやま》、敦賀《つるが》、福井《ふくい》、金沢《かなざわ》、富山《とやま》を通り、新潟に至る。最後は長岡《ながおか》から上越線で大宮をめざすルートを考えていた。

「青春18きっぷ」という強い味方があるからこそ可能な遠征であることは言うまでもない。普通列車に一日乗り放題が五回できて一万一三〇〇円也というのは破格の安さで、わたしは出発が待ち遠しくてならなかった。

定時制高校の四年間、わたしには鉄道の旅に出かける余裕がなかった。授業料は免除されていて、奨学金も得ていたが、独力で大学に進む資金を貯めなくてはならないのだから、わたしは夏休みも冬休みも鋳物工場での仕事に励んだ。

最初は、できあがったボルトやナットの検品と箱詰めをしていた。レールと枕木を固定するためのものなので、ひとつひとつが大きくて重い。そのうちにわたしは鉄を溶かす炉の前に立ち、温度計や圧力計の数値をチェックするようになった。やがて、最新式の装置による検査の仕方も教えてもらった。

仕事はきつかったが、わたしは鉄の匂《にお》いが立ち込める工場で働くのが楽しかった。もしかすると、列車に乗ることよりも好きなのではないかと思うほどだった。些細《ささい》な部品であっても、それが確かな品質を備えていることを保証するために多大な労力が注ぎ込まれている。そのことを、わたしは身をもって理解した。

職場から最寄りの川口《かわぐち》駅と、高校のある北浦和《きたうらわ》駅を京浜東北線で往復する以外、わたしは電車に乗らなかった。しかし、鉄道に向けるまなざしは格段に深くなった気がしていた。なにしろ、わたしが製造に関わったボルトやナットが実際にレールを固定しているのだ。その感激たるや大変なもので、「鉄道の友」で土岐田さんがしようとしていることがよくわかった。

土岐田さんは、鉄道をマニアックな視点からだけ見ているのではなかった。鉄道という大規模な交通システムを維持・発展させていくために、さまざまな立場の人々がどのように結びつくべきなのかを、鉄道に関わるひとたち自身に問いかけようとしているのだ。

運輸省の高級官僚や鉄道会社の社長といった上層部のひとたちと、鉄道会社の平社員とではものの考えかたがちがっていて当然だ。だからといって、「労使の対立」

といったかたちでお互いが憎み合ってもいいことはひとつもない。ただし、「労使の協調」といった美辞麗句で取り繕えるほど、双方のあいだに横たわる溝は浅くない。それを言うなら、機関士と保線区の作業員とだって意識のありようはまるでちがっている。

それでも、鉄道の運行に関わる者同士として、お互いを尊重し合えるようになるといい。そのためには、自分たちが他の職種のひとたちからどのように思われているのかを認識することがなによりも大切だ。

雑誌「鉄道の友」の名物企画である覆面《ふくめん》座談会では、管理強化に走りがちな経営者側を糾弾《きゅうだん》するだけでなく、労働組合内部の問題点が赤裸々《せきらら》にあばかれることもあった。さらに、座談会での発言者に対する反論も随時掲載された。

大人同士が誌面で公然といがみ合っていることに、学生のわたしは異様の感を受けた。しかし、アルバイトとはいえ、自分が毎日工場で働くようになってみれば、似たような対立は身近にいくらでもあった。

最新型車両の性能を知りたい。引退していく列車を懐かしみたいという鉄道ファンの要望にこたえつつ、鉄道をとりまくシビアな状況にも目を向けさせようとする「鉄道の友」の編集方針を理解するにつれて、わたしは土岐田さんに対する尊敬の念を深くした。

二三時〇八分に東京駅を発車した「大垣夜行」が大垣駅に着いたのは翌朝の七時前だった。乗り継ぎの普通電車に揺られること約三時間で、わたしは大阪駅に到着した。

十一時間も電車に乗り通しだったが、疲れはなかった。十九歳といえば元気な盛りで、トイレの洗面台で顔を洗うと、わたしは勇んで心斎橋筋に向かった。

「鉄道の友社」は心斎橋筋のアーケード街からほど近い雑居ビルの七階にあった。四月初めに刊行される春号の校了作業中で、ゆっくり相手をできないかもしれないとは、あらかじめ土岐田さんから言われていた。

実際、わたしは事務所のドア付近に立って、邪魔にならないように編集部の様子を見ているだけだった。社員は土岐田さんを含めて四人で、誰もが赤ペンで原稿にチェックを入れながら、つぎつぎかかってくる電話の応対に追われていた。十畳ほどの狭い事務所で、スチール製の机のうえにはゲラの束と電車の写真が山積みになっていた。

壁際の本棚には、見たことのない鉄道模型や鉄道関係の稀覯本《きこうぼん》が並んでいた。手に取ってじっくり見てみたかったが、とてもそんなことを言い出せる雰囲気ではなく、わたしは三十分ほどがすぎたところで誰にともなく一礼して編集部をあとにした。

お昼どきで、なにを食べようか考えながら階段で地上まで下りると、追いかけるように到着したエレベーターから土岐田さんが飛び出してきた。

「よかった、間に合った。悪いなあ、はるばる来てくれたのに」

締め切りをすぎてから入ってきた原稿がいくつもあり、校了作業が大幅に遅れているのだという。

「きみを交えて、みんなでお好み焼きを食べに行こうと思っていたんだけど、ちょっと無理みたいでさ」

早口で言うと、土岐田さんは腕時計に目をやった。

「でも、かえって出版社の大変さがわかりました」

「そう言ってくれると助かるよ。興味があるなら、そのうちインタビューのテープ起こしをお願いしようかな。ワープロは持ってるの？」

床屋に行く時間もないらしく、土岐田さんはぼさぼさの髪をかきあげた。

「いいえ、持っていません」

「それなら、使い古しを送るからさ。試しにやってみてよ。きみなら、きっとできるから」

どこまで本気で言っているのかわからなかったし、土岐田さんと別れたあとは早春の西日本と北陸地方をめぐる列車の旅を満喫したので、わたしはテープ起こしの件をすっかり忘れていた。

だから、ゴールデンウイーク明けに小包が届き、なかにワープロとウォークマンとカセットテープが入っていたときはおどろいた。しかも、土岐田さんからの手紙には二週間で原稿に起こしてほしいと記されていた。

大学生になったばかりだったし、わたしは川口の鋳物工場で働きつづけていた。こちらの事情を無視した一方的な要請に、わたしは憤りをおぼえた。わざわざ大阪まで行ったのに、ろくに相手をしてもらえなかったことを思い出し、土岐田さんに対する反感さえ芽生えた。ところが、とりあえずカセットテープを聴いてみると、これがすこぶる面白かった。

テープに収められていたのは、駅の売店で働いていた女性へのインタビューだった。Aさんは八十歳、十二歳のときから阪急梅田《うめだ》駅前の売店で働いてきたという。聞き手は土岐田さんで、四方山話《よもやまばなし》をまじえながらAさんの生い立ちや家族構成を訊ねていくと、八十歳のおばあさんが昔の思い出を楽しそうに語り出した。

戦前の梅田駅前のにぎわいが目に見えるようで、わたしはインタビューの場に同席させてもらっているように興奮した。Aさんは戦争で夫を亡くし、その後は女手一つで四人の子どもたちを育てあげたという。

よくある苦労話だが、土岐田さんの巧みな合いの手や質問により、Aさんがおくっていた毎日のようすが、梅田駅に発着していた電車との関わりのなかで語られる。九十分テープの両面に収められたインタビューを聴き終えたときには、感動で涙がこぼれた。

さっそくワープロをセットして、わたしはウォークマンの一時停止ボタンを押してはキーボードを叩いた。会話を一言一句もらさずに書き起こすのは思った以上に大変だったが、これが活字になって誌面を飾るのだと思うといやでも気合が入った。

一週間で原稿を仕上げて、わたしはフロッピーディスクを封筒に入れて大阪に送った。土岐田さんからは速達葉書で返信が届き、初めてにしては上出来だと褒めてくれた。

わたしが起こしたAさんのインタビュー記事は、「鉄道の友」への掲載時には半分ほどに縮められていた。残念だったが、土岐田さんのまとめ方から学ぶことも多かったし、「テープ起こし料」として五千円をもらえたのも嬉しかった。

それからは、毎号テープ起こしを頼まれるようになった。土岐田さんが企画して、自らインタビューをしたものがメインだが、そのほかに読者が作成したカセットテープが送られてくることもあった。ブルートレインの機関士だった方が自分の経験を吹き込んだものや、読者が地元の駅長にインタビューしたもの等などで、それらのテープを原稿に起こすべきかどうかは、わたしが一存で判断する。つまり、わたしは外注スタッフの一員といった立場で「鉄道の友」の編集に関わるようになったのである。

工業大学の二部を四年で卒業し、東京車両製作所への入社が決まったとき、わたしは遠まわしにテープ起こしをやめたいと土岐田さんに伝えた。社内規定でアルバイトは禁止されているし、なにより車両検査技師として一人前になるために全力を傾けたい旨を手紙に記して、心斎橋筋の事務所に送った。

しかし、そんな話など聞いてもいないというように、折り返し大阪からカセットテープが届いた。聴かずに送り返そうかとも思ったが、土岐田さんと縁が切れてしまうのも惜しい気がして、わたしはウォークマンにカセットテープをセットしたのだった。

第六話　ワム6000・キハ81・20系客車

その後も、土岐田さんからは三ヵ月に一度、数本のカセットテープが送られてきた。わたしは蒲田《かまた》にある東京車両製作所の社員寮で暮らしていたため、「鉄道の友社」の社名が印刷された封筒は使わないようにお願いしていた。

鉄道の車両を製造する会社なのだから、社員はひとり残らず電車好きだった。食事どきも鉄道の話題が主だし、「鉄道ファン」や「鉄道ジャーナル」を購読しているひとも多かった。なかには「鉄道の友」の愛読者もいたが、こちらは変わり者という扱いを受けていた。そんなところに、「鉄道の友社」からの郵便物が定期的に届いたら、どうしたって注目を集めてしまう。

そうした理由も手紙に記してよくよく頼んだのに、土岐田さんは二回に一回は社名が大きく印刷された封筒でカセットテープを送ってきた。わたしはその度に肝を冷やしたが、土岐田さんの忙しさもわかっていた。

わたしはカセットテープに録音された一時間半ほどのインタビューを原稿に起こすのに、毎回二週間ほどをかけた。もっと早くできないこともなかったが、内容をきちんと把握するのにはそれくらいの日数が必要だった。さらに、脚注もかなり細かくつけるので、両方の作業を合わせると一ヵ月はかかった。そして、データを入力したフロッピーディスクをカセットテープと共に返送する際に、お手数で申しわけありませんが次回からは市販されている無地の封筒を用いてください。差し出し人の住所も、六甲山麓の別邸にしていただけると助かります、と手紙に書きそえた。

土岐田さんは、すぐにおわびの電話をかけてきた。

「ごめん、ごめん。なにしろ季刊なもんだから、つい忘れちゃうんだよなあ」

素直にあやまられては、文句も言いづらかった。

「今回の原稿もよかったよ。まとめ方がうまいせいで、引き締まったいいインタビューになってるもんな。脚注も、お見事のひと言だ。これぞまさに玄人裸足《くろうとはだし》だね。いや、もうとっくに玄人の域に達してるか。テープ起こしも、かれこれ五年目になるもんな」

土岐田さんはひとを使うのが巧みで、わたしは大学生のあいだに通信教育で校正の資格も取得させられていた。費用は全額、「鉄道の友社」が負担してくれた。

「そうだ、パソコンを買う予定はない？　っていうか、社の経費から購入費用の半額を出すから、ぜひともこの機会にパソコンを導入してよ。通信費や紙代が浮くし、原稿に手を入れてもらうのにも便利だからさ。会社では使ってるんでしょ」

「はい、デスクワークのひとたちはパソコンです。現場のぼくらも先日の講習会で使い方を教わったんで、夏のボーナスで買おうと思っていたところです。タイミングがいいなんて言うとみっともないけど、来週にはこの寮にもインターネット回線が引かれることになっていて、みんなその日を心待ちにしています」

浮かれすぎだと思いながらも、わたしは興奮を抑えられなかった。

「じゃあ決まりだね。機種はうちの社で使ってるのと同じにするよ。そうしないと、いろいろ不便なんだ。ああ、そうだ。じつは富島《としま》がＩＴ企業に就職しちゃってさ。後釜《あとがま》を探してるんだけど、つぎの号だけ校正を手伝ってもらっていいかな」

「いや、それはちょっと」

しまったと思ったときにはもう遅かった。

「大丈夫だよ。『鉄道の友社』がパソコン代を半額出したなんてことは絶対にバレないようにするからさ」

「いや、そういうことじゃなくて」

必死の抵抗も空《むな》しく、土岐田さんは電話を切った。わたしは携帯電話を見つめて、またしてもやられてしまったとため息をついた。

大学に入学する前に大阪を訪ねたとき、心斎橋筋の「鉄道の友社」には土岐田さんのほかに三人の編集者が働いていた。ところが、そのうちの二人は校了間際の一ヵ月間だけ手伝ってもらっているフリーランスの編集者で、常勤の社員は宇多《うだ》さんだけなのだという。

「ほら、一番歳を食ってて、無精ひげを生やしてたヤツだよ」

大阪行きから半年後に東京で土岐田さんと会ったときにそう言われたのだが、わたしは三人の顔をろくにおぼえていなかった。

「通称は『ワム60000』、このほうがわかるかな」

「ああ、そうですか。『ワム60000』が宇多さんですか」

「鉄道の友」には毎号編集後記がついていた。「鉄道ファン」や「鉄道ジャーナル」にも編集後記欄があるが、「鉄道の友」はラストの見開き二ページを全面編集後記に充てるという力の入れようだった。

一般に、雑誌では編集長だけが氏名を公にしている。編集部員はイニシャルで短いコメントを書く程度だが、「鉄道の友」では編集部員たちが鉄道にからめたニックネームで座談会を開き、それが編集後記として掲載されていた。「ワム60000」、「キハ81」、「20系客車」の三名が、編集長兼発行人である「BTなは」をダシにした笑い話や、真偽不明な業界内の噂話でもりあがる。そこに「BTなは」が帰ってきて、お気楽な部下たちを叱《しか》りながら、さらに話がエスカレートしていくという趣向だった。

「ワム60000」は有蓋貨車《ゆうがいかしゃ》で、その後に量産される「ワム80000」でないところがシブい。

「キハ81」は最初の特急気動車。上野～青森間（常磐線経由）の「はつかり」、天《てん》王寺《のうじ》～名古屋《なごや》間（紀勢《きせい》本線経由）の「くろしお」などとして活躍した。ボンネットスタイルの先頭車両から「ブルドッグ」の愛称で親しまれた。

「20系」は「走るホテル」の異名を持つ客車で、東京～博多間の特急「あさかぜ」でデビューした。青いボディーから「ブルートレイン」と呼ばれた最初の客車である。

「BTなは」は「ブルートレインなは」の略称。新大阪と西鹿児島を結ぶ夜行特急に「なは」と命名したセンスがすばらしい。

といったしだいで、「鉄道の友」の編集者たちは、いかにも鉄道ファンらしいニックネームでお互いを呼び合いながら座談会を楽しんでいた。歯に衣着《きぬ》せぬ記事が売りの雑誌にふさわしく、社内のもめ事も平気でネタにする。丸一週間会社に泊まりこんでの校了作業の過酷さ、果ては賃金の安さについても赤裸々に語るので、読んでいるほうがヒヤヒヤするほどだった。

「『キハ81』が富島、『20系客車』は久保《くぼ》っていうんだ」と土岐田さんは嬉しそうに教えてくれたが、編集後記ではおなじみでも、宇多さんと同じく本人の顔とは結びつかなかった。

土岐田さんはちょくちょく東京にやってきて、時間に余裕があるときは連絡をくれた。しかし、わたしはそのころ、日中は川口の鋳物工場で働きながら工業大学の二部に通っていたので、都合をつけられないことのほうが多かった。それでも年に一、二度は会って話をするうちに、「鉄道の友社」の事情をより詳しく知るようになった。

「『ワム60000』こと宇多充夫《みつお》さんは、われらが母校・大阪市立大学の新聞会OBでね。ぼくが学生だったころは『大阪ウォーカーズ』ってタウン誌の編集者をしていた。でも、編集長と反りが合わなかったらしくて、サークル会館の部室に顔を出しちゃあ、後輩のわれわれを相手に愚痴をこぼしてた。居酒屋でおごってくれたりもしたけど、酒が入るとただでさえ長い話がよけいに長くなるんだよな。父親が近鉄のエラいさんでさ、親戚や兄弟も近鉄系列の会社で働いてる。そんなこんなで鉄道会社の内部事情にはやたらと詳しくて、『鉄道の友』を始めたのも、宇多さんの存在に負うところが大なんだ。酒飲みで、ギャンブル狂という厄介極まりないひとだけど、仕事には厳しくてね。小説家をめざしていたせいか、日本語の表現にはとくにうるさい。きみのテープ起こしについては……」

そこで口をつぐむと、土岐田さんはじっとわたしの目を見た。

「最初から褒めてたよ。インタビューでの発言は、口ぐせを律儀になぞっているとまわりくどくなってしまう。かといって、あまり刈り込むと個性が消える。そのあたりのサジ加減が絶妙だってさ」

「よかった。脅かさないでくださいよ、心臓が止まるかと思った」

そんなやり取りをしたのは新橋駅のガード下にある焼肉屋だった。二十歳になったお祝いに土岐田さんがご馳走をしてくれて、わたしは初めてマッコリを飲んだ。鋳物工場の忘年会でビールや焼酎は飲んでいたが、マッコリは甘酒のようでぐいぐいいけた。

「さあ、このへんにしておこう。酒はうまいけど、時間を食うし、簡単に処理してしまえるはずの感情が拡大されるんで始末が悪い」

鋳物工場の職人にも酒で身を持ち崩しているひとが何人もいたので、土岐田さんが言いたいことはよくわかった。わたしは飲むのは嫌いではないが、ビール一杯で酔っ払うという安あがりな酒だった。

頭上を電車が通るたびに店が小刻みに揺れて、わたしは列車に乗っているようないい気分だった。

「『ワム60000』を名乗るからには、宇多さんはよっぽど貨物列車が好きなんでしょうね。近鉄の電車は、どうなんだろう？　ぼくはまだ近鉄には乗ったことがないんです。でも、ビスタカーなんて、すごく乗り心地がいいらしいですよね」

「宇多さんはディーゼル機関車と貨車のマニアでね。ひとを乗せる電車のことは、それほど好きではないみたいだな」

そんな会話を交わした記憶もあるのだが、気がつくとわたしの目の前には制帽をかぶった車掌さんがいて、ここは終点の南浦和駅だと言った。電車はこのあと車庫に入るので、降りてくれないと困る。

「すみません、川口駅で降りるつもりが」

あわてて弁解したが、まだ酔いが残っていて、シートから立ち上がろうとすると足がもつれた。

「ホームのベンチにすわって酔いをさましなさい。その調子で南行きに乗ったんじゃあ、眠ったまま大船まで行ってしまいそうだ。いいかい、今は午後十一時半で、十五分したら起こすからね」

親切な車掌さんのおかげで、わたしは無事に川口駅で京浜東北線を降りることができた。

工業大学に通っていた四年間、わたしは一度も大阪に行かなかった。東京で土岐田さんに会っていたせいもあるが、酔っ払いでギャンブル狂だという宇多さんを敬遠したからでもあった。

そのため、土岐田さんから、富島さんが「鉄道の友」の編集に関われなくなったと聞いても、「キハ81」のひとだということ以外はわからなかった。

なにはともあれ、わたしの部屋にはパソコンが設置された。初心者が使うにしては容量が大きな機種で、おまけにプリンターも取りつけられたので、やはり同僚たちの注目を集めてしまった。

土岐田さんからはすぐに原稿が送信されてきた。写真や図版も入っていたため、データはかなりの重さだった。

校正技能検定をパスしているといっても、わたしは自分でテープ起こしをしたインタビュー記事に手を入れたことしかなかった。そんな素人同然の分際で、プロのライターたちが書いた原稿に赤を入れるなんてとんでもない。パソコン代は全額自分で払うことにして、校正の件はやはり断わろうと思っていると、土岐田さんからメールが届いた。

〈生真面目なきみのことだから、原稿を前にしてさぞかし戸惑っていることと思います。でも、きみは誰よりも熱心に「鉄道の友」を読んできた、正真正銘創刊号からの読者です。「鉄道の友」で培われた知識とセンスを信じてください。〉

最高のタイミングで最良のアドバイスをもらい、わたしは気を取り直して校正に挑んだ。全部で百八十ページある雑誌の五分の一ほどを任されて、できたぶんから土岐田さんに戻していく。毎晩一時間ずつと、休日のほとんどを充てたので、かろうじて期日に間に合わせることができた。

あまりにも部屋にこもりきりだったため、同僚たちからはインターネットでよからぬ画像を観ているのではないかと疑われた。慣れない作業で目の疲れや肩こりも酷かった。これでは本業である車両の検査にも支障が出かねない。校正は今回きりにしてもらおうと思い、わたしは土岐田さんに手紙を書いた。しかし、例によって、わたしの訴えはあっさり却下された。

〈心配御無用。頭脳明晰なきみのことだから、すぐに慣れるさ。それに、勝手な言い方に思われるだろうけれど、若いうちはひとつの仕事だけに打ち込むよりも、「副業」を持っておくほうがいいと、ぼくは思っている。視点が複眼的になって、いずれ本業に生きてくるからね。〉

土岐田さんからのメールにため息をつきながらも、わたしは一理ある気がした。社員寮で暮らす若手たちは土曜日の晩になると歓楽街にくり出して、一週間の仕事でたまった憂さを晴らしていた。そうでなければ、将来に向けて貯金に励む。それに対して、わたしは校正の仕事に没頭することで、図らずも知的好奇心を満足させていた。そのうえこづかい稼ぎにもなっているのだから、文句を言ったらバチが当たる。

いいように使われている気はしていたが、結局わたしはインタビューのテープ起こしに加えて、雑誌「鉄道の友」の校正まで手伝わされることになった。

嬉しかったのは、編集後記への登場を許されたことだ。座談会のために大阪まで行くのは無理なので、ひとりだけコメントを書く。「ＤＤ13通信」と題された短文が活字になったときは、それはそれは感激した。
　ワム６００００　それはそうと、この号から編集部に加わった「ＤＤ13」ってのは、どんなヤツなんだよ。
　20系客車　なんだ、「ワム６００００」も知らないんだ。自宅のパソコンで作業をしてるって話だけど、「ワム６００００」も会っていないとなると、「ＢＴなは」が税金対策のために雇ったことにしている幽霊社員じゃないかっていうおれの推理は、案外当たってるかもしれないな。
　ＢＴなは　おいおい、そういうことは冗談でも言うなよ。税務署に目をつけられたら、どれほど厄介か。
　ワム６００００　それじゃあ、「ＤＤ13」は実在するんやね。
　ＢＴなは　もちろんさ。編集部にもチラッと顔を出したことがあるんだぜ。
　20系客車　ということは、もしかして、二、三ヵ月前に飲み代の集金に来たお姉ちゃんが「ＤＤ13」なのか？
　ワム６００００　ああ、紀美香ちゃんか。そういえば、「キハ81」の送別会であの店に行ったんやね。和歌山市出身の娘で、「キハ81」と故郷の話でもりあがってたなあ。鉄道にも詳しくて、オーシャンアローはセクシーだとか言ってたぞ。
ＢＴなは　いかん、秘密にしていた「ＤＤ13」の正体が早くもバレちまったか。
（一同大笑い）

いかにも内輪ウケのやりとりだったが、新入りをネタにしてくれた先輩方の気配りに、わたしは嬉し涙をこぼした。土岐田さんは読者の気を引きつつも、「ＤＤ13」の職業や年齢にはいっさい触れていなかった。

わたしは東京車両製作所の社員として車両検査の経験を積みながら、雑誌「鉄道の友」のスタッフとしても活動をつづけた。それを可能にしていたのはパソコンで、郵便と電話だけの時代だったら、わたしが「副業」をしていることはすぐにバレていただろう。ところがパソコンならば、インターネットを通じて、誰にも気づかれることなく大量の文書をやりとりすることができた。

それでも、わたしは土岐田さんと縁を切るタイミングを探していた。車両検査の仕事は年々忙しくなっており、仙台や浜松にある新幹線の車両基地への出張も多かった。上級の検査技師になるための資格も取得しなければならず、二足の草鞋《わらじ》を履くのはしだいにきつくなってきた。なによりも、わたしは電車に触れているのが好きだった。雑誌の編集を通して鉄道と関わるのも悪くはないが、実物の存在感には到底及ばない。

大阪の吹田工場まで特急電車の定期検査に行くこともあったが、わたしは出張の予定を土岐田さんに知らせなかった。富島さんの後任は見つかっていないようだし、なにかの加減で宇多さんや久保さんまで辞めると言い出したら、「鉄道の友社」に無理やり引っ張り込まれないとも限らない。土岐田さんは気配りの利くやさしいひとだが、自分の目的を達するためにはどんな手段にでも訴えそうな怖さがあった。

穏便に縁を切るために、なにかいい手立てはないだろうか？　自分を恩知らずな人間だと思いながらも、わたしは機会をうかがっていた。

まさか、わたしの願いが叶《かな》えられたわけではないだろうが、土岐田さんが入院したと連絡があったのは六年前の秋だった。

宇多さんからのメールによると、前々日の明け方、土岐田さんは腹部に強い痛みをおぼえた。医者嫌いで、風邪さえひいたことがないのを自慢にしていたが、痛みかたが尋常ではない。なんとか自力で救急車を呼び、搬送された病院で検査を受けたところ、胃に腫瘍《しゅよう》が見つかったという。

わたしはすぐにメールに記されていた番号に電話をかけた。しかし電話はつながらず、留守電に伝言を残すと、五分ほどして宇多さんから電話がかかってきた。

「近々に手術をしないと、取り返しがつかないそうでしてね」

宇多さんは腫瘍が悪性かどうかは言わなかった。ただし、手術が成功しても、回復までには最低でも半年はかかるらしい。

「それで、すでに編集作業に入っている冬号は予定どおりに発行するんですが、その後については土岐田の回復具合を見ながら考えようということにしました。十五年以上も頑張ってきたんだし、ここらでひと休みもいいでしょう」

土岐田さんの希望で、病室への見舞いはご遠慮いただきたい旨を告げて、宇多さんは電話を切った。年長者らしい落ち着いた応対に、宇多さんがついていれば安心だと、わたしは胸をなでおろした。土岐田さんに妻子がいるかどうか訊いたことはなかったが、今回のことからしても、おそらく独身なのだろう。

すでに送られてきていた次号の目次を眺めながら、わたしは高校二年生のときに始まった土岐田さんとの関わりを思いかえした。以来十三年、サポーターとして「鉄道の友」の編集作業にたずさわるなかで、わたしは多くのことを学ばせてもらった。わたしは土岐田さんに感謝をし、回復を祈った。

「鉄道の友」は、その年の冬号を最後に休刊となった。インターネット上には、編集長兼発行人である「BTなは」こと土岐田祐一氏の復活を願う書き込みが続々載った。全国紙でも、「鉄道の友」の休刊を惜しむ囲み記事が載り、独自の視点を貫いてきた鉄道雑誌の存在があらためて世間に示されたかっこうだった。

わたしは土岐田さんの携帯電話に何度か見舞いのメールを送った。しかし返信はなく、病状についてもわからないままだった。

そうしたなか、わたしは東京車両製作所からJR西日本へ「FA移籍」することになった。異例の人事とあって、同僚たちからうらやましがられたが、病身の土岐田さんがいる大阪に移り住むのは正直気が進まなかった。

わたしは引っ越しを機にパソコンを買い換えることにした。「鉄道の友社」に半額を出してもらったデスクトップ型のパソコンは廃棄処分にして、最新型のノートパソコンを買った。わたしは自分を冷たい人間だと思い、わずかに残っていた良心で、土岐田さんと宇多さんに大阪への転居を知らせるメールを送った。

土岐田さんから連絡があったのは、わたしが大阪に移って一年がすぎたころだった。

〈「鉄道の友」を復刊させるので、手伝ってほしい。〉

携帯電話に送られてきた簡潔明瞭《めいりょう》なメールを読んで、わたしは来るべきものが来たと思った。それでも忙しさにかこつけて返信をためらっていると、友紀子に見抜かれた。

「目が泳ぐっていうの。なんや、やましいことがあるって、すぐにわかったわ。女がらみではないけどな」

とつぜん、ドスの利いた関西弁で図星を指されて、わたしは額に汗をかいた。

「わかりやすくていいなあ。男も女も、わかりやすいのが一番や」

友紀子によると、わたしに浮気をするような度胸はない。なにかの間違いでほかの女性と関係を持ってしまったなら、とても友紀子の前には出られないという。つきあい始めて半年ほどだというのに、わたしはすっかり尻にしかれたかっこうだった。

「なにを隠してんねん。ほら、さっさと白状しいや」

そう言ったそばから、友紀子が恥ずかしそうに顔を赤らめた。

「ダメや、うちもこういうの苦手やねん。わざとらしく強面《こわもて》で迫ってみたけど、めっちゃドキドキするわ」

わたしたちは道頓堀《どうとんぼり》端を歩いていた。日曜日の午前十時で、映画を観てからお昼を食べるつもりだった。

「ほなら、映画はやめて電車に乗ろう。行き先は、うちにまかせて。電車に揺られてたら、そのうちに話してもいい気になるって」

わたしたちはＪＲ難波《なんば》駅から関西本線に乗った。友紀子は奈良に向かおうとしているようだった。先頭車両のロングシートに並んですわり、わたしは上体をひねって車窓の景色を眺めた。

「いいんやで、無理に話さんでも」

「うん、悪い」

せっかくの休日に気をつかわせて申しわけないと思ったが、わたしはなかなか踏ん切りがつかなかった。お世話になったひとに力を貸してほしいと頼まれているのに躊躇《ちゅうちょ》していると知ったら、一本気な友紀子はわたしに愛想を尽かすのではないだろうか。そうかといって、自分を正当化するために土岐田さんを悪人に仕立てあげることはできない。

友紀子に土岐田さんとの関係を話し始めたのは奈良駅のホームでだった。そこから桜井線に乗り換えて、わたしたちは畝傍《うねび》駅で電車を降りた。

「それで、どうするの？」

並んで線路脇の道を歩きながら、友紀子が訊いてきた。わたしたちは少し前から手をつないでいた。

「まずは、遅ればせながら引っ越しの挨拶に行ってくるよ」

そう言って、わたしはつないだ右手に力を込めた。

「丸二年間も休刊していた雑誌をもう一度始めるのは相当難しいと思う。でも、土岐田さんがそうしたいなら、『鉄道の友』を復刊させればいい。ただし、ぼくができるのはあくまで手伝いであって、雑誌作りに全力で取り組むのは無理だ」

ようやく気持ちに整理がついて、わたしはあたりの景色を見まわした。六月半ばで、蒸し暑かったが、木々におおわれた山々が美しかった。行楽客たちにまじって、わたしと友紀子は舗装されていない小道を歩いた。

翌週の日曜日に、わたしは心斎橋筋の雑居ビルを訪ねた。十二、三年ぶりに入った編集部はひどい散らかりようだった。

「ずいぶん羽振りがいいそうじゃないか。いったい、どんなコネで、天下のＪＲにもぐりこんだんだ？」

皮肉たっぷりの質問を向ける土岐田さんは顔色が悪く、椅子にすわっているのもつらそうだった。もっとも、わたしがお土産に持っていったプリンはきれいに平らげた。

「まあ、いいさ。いや、よくはないな。手始めに、JR西日本の腐敗ぶりを洗いざらい話してもらおうか。きみだけじゃつまらないから、運転士と保線区の作業員を一人ずつつれてこいよ。そのメンバーで匿名座談会をやろう。これなら復刊号の目玉企画になる」

わたしが返事をしないでいると、土岐田さんがそばにあったカセットテープを摑《つか》んで投げつけた。

「おい、なんとか言ったらどうだ？　あれだけ世話をしてやったのに、まさか断わるつもりじゃないだろうな」

大声を出したのがいけなかったようで、土岐田さんが苦しそうに顔をしかめた。

わたしは出かけてきたことを後悔していたが、土岐田さんのことも心配だった。

「以前と同じく、インタビューのテープ起こしと校正でしたら、お手伝いをさせていただきます」

そう言って一礼すると、わたしは編集部をあとにした。七階から一階まで階段で下りながら、病が土岐田さんを変えてしまったのだと、わたしは自分に言い聞かせた。

通りに出たところで、わたしは友紀子に電話をかけた。土岐田さんとのやりとりを伝えると、「それでよかったと思う」と言ってくれて、肩の荷がいくらか軽くなった。

その後は、着信音が鳴るたびに、わたしは恐れと期待の入り混じった気持ちで携帯電話を開いた。しかし、〈土岐田祐一〉の文字がディスプレイにあらわれることはなかった。

〈「鉄道の友」最終号の発行に向けて〉と題された宇多充夫さんからのメールが届いたのは、それから三年ほど経った去年の七月半ばだった。

〈雑誌「鉄道の友」に関わりがあった皆さんに連絡します。現在休刊状態にある「鉄道の友」を、最後にもう一号だけ復活させませんか。それにより、希代の名編集者・土岐田祐一の事績を世間に知らしめましょう。〉

これなら参加できると、わたしは喜んで返信をした。

大阪暮らしも五年になり、わたしの生活は公私共に順調だった。ただ、心斎橋筋に来るたびに、「鉄道の友社」が入っている雑居ビルを見上げては、土岐田さんはどうしているのだろうと心配していた。

宇多さんからメールが来たと教えると友紀子も喜んでくれて、わたしは約束の午後七時に鶴橋《つるはし》の焼肉屋に向かった。明日から海の日も含めた三連休という金曜日の晩で、街は仕事を終えたサラリーマンたちでにぎわっていた。

「やあ、きみが『DD13』か。電話では一度話したけど、ちゃんと会うのは初めてだよな。ぼくが『ワム60000』の宇多です」

宇多さんは真っ白な髪を頭のうしろで束ねていて、気取らない雰囲気といい、ミュージシャンか作家といった感じだった。

「それから、彼が『キハ81』の……」

「宇多さん、まわりくどい紹介はいいですよ。富島です、よろしく」

ポロシャツにジャケットを着た中年男性が右手を差し出して、わたしは握手を交わした。小柄なからだに似合わずがっしりした手で、有能なサラリーマンという感じだった。

「わいが久保や。それにしても若いのう。いったい、いくつやねん?」

無地のシャツをおしゃれに着こなした久保さんにコテコテの関西弁で訊かれて、「三十五歳です」とわたしは答えた。

「宇多さんは、還暦まであと五年でしたっけ?」

「そうだ。しかし、気分は高校生だ」

富島さんに訊かれた宇多さんがおどけて、掘りごたつを囲んだ面々が笑顔になった。

「土岐田さんは宇多さんの五つした、ぼくと久保はさらに二つしたになるってわけ」

わたしが頷くと、富島さんは宇多さんのほうに身を乗り出した。

「それにしても、すっかり白くなりましたね」

「遺伝ってやつでね。いや、土岐田に敬意を表して、雑誌作りを辞めたら急に老け込んだってことにしておくか」

宇多さんも久保さんも富島さんも、かつての仲間に再会したのがよほど嬉しいようだった。そこに店員がビールを運んできた。

「さあ、乾杯しよう。『鉄道の友』によって結ばれし者たちに幸あれ！」

宇多さんの音頭で四人がジョッキを合わせた。

その後は焼肉を食べながらの自己紹介&近況報告になった。富島さんはＩＴ企業のエンジニア、久保さんは予備校で英語の講師をしている。

「ぼくかい、ぼくはスタジオミュージシャン。ほら、もろにまんまでしょ」

最後に残った宇多さんが軽いノリでギターを弾く仕草をしてみせた。

「またまた謙遜《けんそん》してから。関西の音楽業界じゃあ知らぬひとのない敏腕プロデューサーやのに」

久保さんに真相をバラされて、宇多さんが今度はさもエラそうに頷いた。

土岐田さんからは酒飲みのギャンブル狂と聞いていたが、宇多さんにはそんな不安定なところは欠片《かけら》もなかった。

「土岐田は、あることないことをでっちあげる名人でね。ぼくを性格破綻《はたん》者にしておけば、きみが編集部に近づかないとでも思ったんだろ。どうして、そうしたかったのかはわからないけどさ」

実際、宇多さんはビールに少し口をつけただけだった。アルコールが入るとすぐに眠くなってしまうのだという。宇多さんだけが「鉄道の友社」の社員というのも事実とはちがっていて、三人とも本業を持ちながら雑誌「鉄道の友」の編集に参加していた。

「ぼくが途中でオリたのは本当だよ。ただし、それはアメリカに転勤になったためで、その前からIT企業で働いていた。結局、アメリカに十年いて、三ヵ月前にようやく日本に戻ったばかりなんだ。そのせいで、きみにしわ寄せがいってしまい、誠に申しわけなかった」

富島さんに頭をさげられて、わたしは恐縮した。

土岐田さんを含めた四人は大阪市立大学の新聞会OBで、鉄道ファンという縁から雑誌を発行することになったのだという。

「ぼくたちの話より、きみのことを教えてよ。いやね、つまり鉄道車両の検査技師なんて最高の仕事じゃないか」

宇多さんから熱烈なリクエストを受けて、わたしは普段の仕事の様子や最新型車両の構造について説明をした。三人とも興味津々で、鉄道を心から愛していることがよくわかった。

「さあ、楽しい話はこれくらいにして、本日の主題について打ち合わせをしよう」

宇多さんが言って、全員が座布団にすわり直した。腕時計に目をやると、瞬《また》く間に二時間が過ぎていた。

「富島と久保にはすでに伝えたけど、土岐田が『鉄道の友』の復刊に向けて広告掲載料を集めているという噂を聞いたのは半年ほど前だった。本気で雑誌を再開するつもりなら、当然ぼくらに相談があるはずだから、これはまずいと直感した。それで土岐田に問いただしたら、あっさり認めやがった」

治療のために多額の出費を強いられた土岐田さんは、復刊のメドも立っていないのに、旧知の鉄道模型店や旅行会社など二十社あまりに話を持ちかけて広告掲載料を出してもらった。しかも、その大半をすでに使ってしまったのだという。

「開いた口がふさがらないとはこのことだ。盗人猛々《ぬすっとたけだけ》しくも、ぼくに罵詈雑言を浴びせやがってね。はっきり言って、いくら病身とはいえ、性格が捻《ね》じ曲がってしまった土岐田とはもう関わりたくない。ただ、あいつが亡父の遺産をなげうって『鉄道の友』を始めたおかげで、われわれも雑誌作りに参加して、鉄道への思いを満足させられたのは事実だ。そこで『「鉄道の友」最終号』を刊行して、その利益を全額土岐田にプレゼントしようと思う。手切れ金と受け取られてもかまわない。そうすれば広告主たちにも顔が立つし、なにより異端の鉄道雑誌『鉄道の友』に有終の美を飾らせてやることができる。これこそまさにラストランだ」

「異議なし！」

富島さんと久保さんがこたえて、拍手をした。

「では、土岐田に打ち明ける前に、おおよその目次を作っておきたいと思う。ついては、これから心斎橋筋の編集部に行こう。編集会議となれば、あそこで話すほうが気合が入るからね」

宇田さんによると、土岐田さんは放射線治療を受けるために昨日から一週間の予定で入院しているとのことだった。

鶴橋駅から地下鉄に乗り、わたしたち四人は「鉄道の友社」に向かった。もう午後十時をまわっていたが、心斎橋筋はひとでいっぱいだった。

「でも、なんだかんだ言って、土岐田さんは根性があるよ。そこまで金に困っても事務所を手放そうとはしないんだからな。狭いとはいえ、一等地にあるんだし、売りに出せばすぐに買い手はつくだろうに」

富島さんが言うと、久保さんが首を横にふった。

「あれだけの資料を保管するには、かなり広いコンテナ倉庫が必要やからね。整理整頓《せいとん》をして運び出すのも大変やし、あのままにしておくのが一番安あがりなんとちゃうの。ねえ、宇多さん」

「うん。しかし、編集会議の前にまずは掃除をしないとな。年末に行ったときは、すわる場所さえないほどだったから」

「よし、頑張って大掃除や」

久保さんは元気に言ったが、三時間も飲み食いをしていたのだから、五十五歳の宇多さんをはじめ、四十八歳の富島さんと久保さんもすっかりバテていた。

もっとも、バテていなくても、編集部をきれいに掃除するのは無理だった。

「こりゃあ、とても手のつけようがないな」

編集部のドアを開けた宇多さんが諦め気味につぶやいた。つづいてなかに入ると、わたしが訪れた四年前よりも室内はさらに散らかっていた。足の踏み場もないとはこのことで、机も床も段ボール箱や紐《ひも》で縛った本の束が山積みになっていた。

「ほら、ここにある郵便物や宅配便はどれも封が切られてないわ。これの中身はカセットテープと資料やて。うわっ、五年も前のや。送りはった人は、あれはどうなったんやろうって気を揉《も》んではるやろな。それとも、雑誌が休刊してしまったから、もう諦めたやろか」

久保さんが嘆いて、その段ボール箱を持ってきた。

「室蘭《むろらん》のひとか。多分、休刊の直前に送ってきたんだろうな。あのときは土岐田がいないなかでの校了だったから大わらわで、そのあとも仕事で忙しくしていたにしても、ほったらかしにしたのは失敗だったたな。雑誌を出していたときは、取り上げる、取り上げないにかかわらずテープをたしかに受け取った旨を葉書で返信してたんだけどな」

宇多さんは誰にともなく言いわけをした。

「こんなことを言うと土岐田に恨まれそうだが、あいつが倒れたと聞いたときはちょっとホッとしたんだ」

宇多さんが打ち明けると、富島さんと久保さんが頷いた。

「『鉄道の友』を出していて楽しかったのは最初の三、四年かな。手探りで始めた雑誌が読者に受け入れられて、労使共に高飛車な鉄道業界からは猛烈な反発を食って、ヒヤヒヤしながらも、つぎはどんな特集で連中をアッと言わせてやるかを考えるのが面白くて仕方がなかった。ただ、なにごとにもマンネリ化はつきもので、それは安定飛行に入った証《あかし》でもあったけれど、十年目くらいからは土岐田に無理やりつきあわされてる感じだったな。でも、『鉄道の友』をやっていたから、本業で好調を維持できたってところもたしかにあってね」

そこで宇多さんは口をつぐんだ。

「宇多さん、『鉄道の友』のラストランをやりましょう。きちんとケジメをつければ、土岐田さんも気が済んで、きっと第二の人生を始められますよ」

富島さんの言葉に、わたしも本当にそうなってほしいと願わずにはいられなかった。

「やっぱり、ここに来てよかったな。それも、みんなで来てよかった」

そう言うと宇多さんは目頭を押さえ、久保さんも鼻をすすった。富島さんはハンカチで涙を拭いていた。

「ＤＤ13君。その段ボール箱を持って帰って、カセットテープを聴いてみてくれよ。それで、面白いと思ったら、原稿に起こしてくれないか。資料も入ってるみたいだし、なにか匂《にお》うんだ」

「出た、宇多さんの第六感！」

久保さんが手を叩いて、「第六感とは古いなあ」と富島さんが苦笑した。

「でも、勝手に持ち出して大丈夫でしょうか？」

確認を求めたわたしの肩に、宇多さんが手を置いた。

「宛名《あてな》は『鉄道の友編集部』になってるんだから、問題ないさ。それで、どれくらいあればテープ起こしができる？」

「まずは、この箱の中身を見て、テープの本数を確認しないことには」

「なるほど、そのとおりだ。ぼくとしたことが、久しぶりに雑誌が出せるんで、気がせいているらしい。よし、今日はこれでお開きにしよう。次回は、テープ起こしのメドが立ったところで日時を決めよう。つまり、ＤＤ13からの連絡待ちだ」

思いがけず重要な役回りを引き受けさせられて、わたしは箱を手に取った。大きさはトースターくらいで、重さは一キロほど。カセットテープのほかにも、なにか入っているのだろう。

「帰ったら、さっそく聴いてみます。外れでも、がっかりしないでくださいよ。いや、きっといい内容のものですよ」

わたしは軽く応じたが、まさか手に持った箱の中身が自分の過去を明かすものだとは夢にも思っていなかった。

第七話　DD51形ディーゼル機関車

　室蘭の読者から五年前に送られてきた段ボール箱を抱えて、わたしは宇多さんたちと一緒に「鉄道の友社」の事務所を出た。

「どうする？　ぼくたちは馴染みのバーに寄っていくけど」

　富島さんから誘われたが、わたしはこのまま家に帰ると答えた。もう十一時をすぎていたので、いいかげん疲れていた。それに明日の午後には大阪を発って仙台に向かい、以前勤めていた東京車両製作所の社員と一緒に東北新幹線の定期検査を行なうことになっていた。一週間という長丁場なので、疲れを残したままではからだがもたない。

「世間は海の日の三連休だっていうのに、ご苦労さまだねえ。しかし、きみたち検査技師たちのたゆまぬ努力があるからこそ、日本の鉄道は安全に運行されているわけだ」

さも感心したというように富島さんが頷いた。わたしからすれば、このあとさらにバーに行こうとする富島さんたちのスタミナのほうがおどろきだった。

「ぼくは基本的にデスクワークだから、パソコンを見つづけている目が疲れるくらいで、体力はそんなに消耗しないんだ。それよりも、この歳になると気分転換が大事でさ。気持ちをリフレッシュさせて、やる気を漲《みなぎ》らせるために、多少のお金を払ってでも、自分に刺激を与えないとね」

「ほほう、それで富島はなにに金をつぎ込んでいるんだい？」

宇多さんに追及されて、「それだけは言えません」と富島さんがはぐらかした。

「そういえば、まだ名刺を渡してなかったよな」

富島さんが名刺をくれたのにつづいて、宇多さんも久保さんも名刺をくれた。わたしもJR西日本のロゴが入った名刺を差し出した。

「さすがは天下のJRや、後光が差してるで」

久保さんが仰々しく名刺を押しいただいた。宇多さんは右手の人差し指と親指で名刺の上下を挟み、標本でも見るように目を凝らしてから言った。

「きみも知ってのとおり、関西は私鉄の文化圏でさ。南海も近鉄も阪急も阪神も、それぞれ独自の歴史を築いてきている。でも、やはりあくまでも一地域の鉄道会社であってね。かつての国鉄のように、日本の津々浦々にまで線路を敷き、列車を走らせてみせるという気概は持ちようがなかった。そのことは、ぼくには強みよりも弱みに思えるんだなあ」

そこで宇多さんはわたしの名刺を胸のポケットに入れた。

「まあ、こんな話は、『鉄道の友』の最終号を作りながら、たっぷりしよう」

「本当だ。雑誌を出すとなると、やっぱり気合が入るもんな。きみと一緒に編集作業をするのは最初で最後だけど、そのぶんたっぷり鍛えてやるから覚悟しろよ」

そう言って、富島さんがわたしの肩を叩いた。

「あの、うちは都島区の中通《なかどおり》で、京橋駅の近くなんで、いつでも遊びに来てください。妻も、一度みなさんにご挨拶したいと言ってるんで」

「ええなあ、理解がある奥さんで。うちのなんて、新婚のころは、『一筆書き』で近畿一円をまわるのにまでくっついてきたのに、今じゃあ、鉄道の話をしてもちっとも聞いてくれへん」

久保さんがこぼして、タバコに火をつけた。

「仕方ないやろ。家族サービスに向けるべき時間を削って、『鉄道の友』を作ってきたんやから」

宇多さんに関西弁でなぐさめられると、「そやな、自業自得やな。でも、雑誌を作るのは、ほんまに楽しかったわ」と言って、久保さんがタバコの煙を吐いた。

三人の左手にはそれぞれ結婚指輪があった。わたしは電車の検査技師という仕事柄、指輪はしていなかった。時計もずっと懐中時計で、腕時計はしたことがない。作業中は皮革の手袋をしているから指輪や時計にキズがつく心配はないが、わずかでも左右の手の重さが変わるのがいやだった。

結婚したばかりのころは、友紀子への手前もあり、仕事のときだけ指輪を外していた。ところが、ある日、ポケットに指輪を入れたままズボンを洗濯に出してしまい、友紀子にひどく叱られた。そこで事情を話して彼女の小物入れにしまってもらい、以来左手の薬指に結婚指輪をはめるのは正月くらいになった。

道頓堀のほうに歩いていく三人を見送ると、わたしは段ボール箱を抱えて地下鉄の駅へとつづく階段を下りていった。

鶴橋の焼肉屋で、宇多さんから、「鉄道の友」の最終号を出そうと聞いたとき、わたしはこれで土岐田さんとの関係に区切りをつけられると安堵した。なにより、土岐田さん自身にとって、再起のきっかけになるはずだとも思った。しかし、すぐに、その考えは甘いのではないかと気づかされた。

宇多さん、富島さん、久保さんの三人は、別に本業を持ちながら雑誌「鉄道の友」の編集にたずさわってきた。季刊ということで、発行は三ヵ月に一度とはいえ、十五年以上も雑誌を出しつづけるのはさぞかし大変だったにちがいない。奥さんや子どもさんにも多大な負担をかけてきただろう。それでも、失礼を承知で言えば、やはり土岐田さんとの意識の差は大きかったのではないだろうか。

土岐田さんは、「鉄道の友」の発行に全てを賭けてきた。たしかに、体調が今のままでは、「鉄道の友」の復刊は難しいと言わざるを得ない。だからといって、土岐田さんがすんなり〈最終号の刊行＝「鉄道の友」の廃刊〉を認めるとは思えなかった。宇多さんたちに、亡父から相続した六甲山麓の別邸のことを教えていないようなのも気になった。

地下鉄・長堀鶴見緑地《ながほりつるみりょくち》線に乗って都島のアパートに戻ると、友紀子が笑顔で迎えてくれた。今日の集まりのことを聞きたがったので、わたしは初対面ながら宇多さん、富島さん、久保さんと打ちとけて話せたと伝えた。

「よかったね。おとうさん、いい顔してる」

友紀子の言葉は素直に嬉しかった。ただ、土岐田さんのことを思うと気持ちが沈みかけた。

「鉄道の友社」から持ってきた段ボール箱は、京橋駅前のコンビニから宅配便で仙台に送っていた。仙台ではずっとビジネスホテル泊まりになるため、そのあいだに集中してカセットテープを聴くつもりだった。箱の中身を確認しておきたい気持ちもあったが、梱包《こんぽう》し直すのが面倒なので、そのまま送ることにして、わたしは手ぶらで帰宅した。

「明日から、またひとりなんやね。それも一週間」

友紀子がめずらしく不満を口にした。

「だから、実家に行ってればいいじゃないか。ご飯を作ってもらえるし、なにより、おとうさんとおかあさんが喜ぶよ」

友紀子は結婚後も保育士の仕事をつづけていた。長引く不況の影響で、子どもを保育園にあずけたいと希望する家庭は増える一方だった。親が迎えに来る時間もおそくなっていて、午後六時でも八割近い子どもが保育園にいるという。それにつれて保育士の勤務時間も長くなるわけで、子どもがいない友紀子は週の半分以上が遅番だった。

遅番だと、出勤は午前十時なので、ゆっくり起きられる。ただし、夕方以降は三々五々迎えに来る親に子どもを引き渡しながらの保育になるため、充実感に乏しいという。

森ノ宮にある市立保育園の閉園時間は午後七時半だが、間に合わない親が必ずいる。まさか園児を保育園の外に出すわけにもいかず、事務室で到着を待つのだが、その時間が一番しんどいという。

保育士としては、親のルーズさに腹が立っても、子どもが生まれれば、自分だって同じような迷惑をかけないとも限らない。園児のほうでも、保育士に負担をかけているのがわかるため、お互いいたたまれない気持ちをつのらせながら、親の到着を待ちつづける。そんなわけで、午後八時に保育園を出られればいいほうで、遅番の日に友紀子が帰宅するのは八時半をすぎることが多かった。

日が暮れてからも洗濯物が干しっぱなしになっていては不用心だと、おかあさんが夕方四時ごろに取り込みにきてくれる。友紀子の実家であるガラス工場と、われわれが暮らすマンションは一・五キロほど離れているため、自転車に乗ってきてくれているらしい。

友紀子は子どものころから京橋の商店街で買い物をしているので、わたしも彼女の夫ということですぐに顔をおぼえてもらえた。京橋駅の改札を出れば、あたり一帯が友紀子の実家という感じだった。もっと言えば、気さくでユーモアに溢れたひとたちが住む大阪の街全体が彼女の実家のようだった。

「でもな、うちの家はここやねん」友紀子が関西弁で言って、頬杖をついた。「実家に帰って一晩でも空けるとな、ひと気がなくなってて、自分の家なのによそよそしい感じがして、いやなもんやで」

わたしは茅ヶ崎の香川児童園を出た十六歳のときからずっとひとり暮らしだった。そのせいか、友紀子より早い時間に帰ってきたときでも、家のなかに家庭らしい温《ぬく》もりが残っているのをいつも幸せに感じていた。

「そう言ってもらえると嬉しいなあ。なにより嬉しいわ」

友紀子に抱きつかれて、わたしたちはそのまま寝室に向かった。


翌日の午後、わたしは新大阪駅から東海道新幹線に乗った。三連休の初日とあって、先頭の指定席車両も満員だった。東京駅で東北新幹線に乗り換えて、仙台駅に着いたときには日が暮れていた。正味六時間の長旅で、わたしはうつらうつらしながら土岐田さんや宇多さんたちのことを考えつづけた。

仙台新幹線総合車両センターに来ると、わたしは初心に帰れた。東京車両製作所に勤務していたときには、自社が製造した新幹線車両の定期検査のために年に二、三度は仙台を訪れていた。上司だった海老原《えびはら》さんにマンツーマンで鍛えられて、わたしは車両検査のイロハを叩き込まれた。JR西日本に移ってからも、年に一度は助っ人として東京車両製作所の社員にまじり、東北新幹線の点検をしていた。

東海道新幹線と違い、東北新幹線は雪の影響を強く受ける。寒さによる金属疲労も大きいため、入念なチェックが必要だった。

仙台での一日目の仕事のあと、わたしは海老原さんにさそわれて居酒屋に出かけた。東京車両製作所の若手社員二人も一緒で、海老原さんとわたしは思い出話でもりあがった。

「こいつらが物心ついたときには、国鉄はもう分割民営化されていたわけだろ。あんまり言うと嫌われるんだが、やっぱり鉄道に関わる人間の場合、国鉄が健在だった時代を知っているかどうかで二つに分かれると思うんだ。それはおそらく私鉄の社員であっても同じでさ。つまり、ドイツの宰相ビスマルクの有名なことば、『鉄は国家なり』をもじって言えば、『鉄道は国家なり』と鉄道各社の社員たちが本気で誇りに思えていた時代はたしかにあったわけでさ。それが今や、飛行機や長距離バスに押されて、鉄道は数ある交通機関のうちのひとつになっちまった。だからといって、あのまま国鉄がつづいていれば良かったと言いたいわけじゃないけどな」

海老原さんは、わたしよりも二十歳うえだった。「鉄道の友社」のメンバーで言えば、宇多さんと同じくらいになる。

「ところで、大阪といえば『鉄道の友』じゃないか。きみがＪＲ西日本に移籍するころに休刊になって、その後は音沙汰なしだけど、今こそ復刊してほしいんだよなあ。一般の乗客への迷惑をかえりみないオタク根性丸出しの鉄道マニアになんか媚《こ》びてたまるかっていう編集部の姿勢が、懐かしくも頼もしくてねえ」

わたしは海老原さんの話を聞きながら、土岐田さんが聞いたらどんなに喜ぶだろうと思わずにはいられなかった。

ホテルは別々だったので、酔いつぶれた海老原さんは若手たちにまかせて、わたしはひとりで夜道を歩きだした。居酒屋に入る前に電源を切っておいた携帯電話を取り出すと、メールが一通着信していた。宇多さんからの一斉メールで、わたしは胸騒《むなさわ》ぎをおぼえた。

〈キハ81　20系客車　ＤＤ13へ　昨日の今日で申しわけないが、「鉄道の友」のラストランは中止します。あまりにも早い撤回ですが、いずれこうなっていたのなら、無駄骨を折らずに済んだことを喜ぶしかありません。〉

そう書き出されたメールによれば、昨夜わたしと別れたあと、宇多さんと富島さんと久保さんは三人そろって道頓堀のバー「オリエントエクスプレス」に向かった。鉄道ファンには知られた店で、年代もののカウンターと椅子はかつて実際にオリエントエクスプレスで使われていたものだという。パリとウイーンを結んでいた豪華列車を模した店内には、スピーカーから列車の走行音が流されている。もっとも、わたしは土岐田さんと鉢合わせしそうな気がして、これまで一度も「オリエントエクスプレス」に行ったことがなかった。

宇多さんたちが鉢合わせしたのはナニワ鉄道模型の社長だった。関西では老舗の鉄道模型店で、宇多さんたちとは昵懇《じっこん》の間柄でもあり、久しぶりの再会を喜んだ。

初めのうちは和やかに話していたが、しだいに風向きが変わってきた。ナニワ鉄道模型の社長は土岐田さんに少なからぬ金を貸していて、「鉄道の友」はいつ復刊されるのかとしつこく訊いてきたという。

「ぼくたちがね、必ず出します。『鉄道の友』の最終号を出して、ご迷惑をかけてきた方々に申しわけが立つようにしますから。でも、まだ土岐田には内緒にしておいてくださいよ。この数年、あいつは肉体的にも精神的にもかなりまいっていて、一度機嫌を損ねると、どうにもならなくなってしまうんで」

宇多さんは念を押して、ナニワ鉄道模型の社長も絶対に口外しないと約束した。

ところが、タイミングが悪いことに、宇多さんたちが帰ったあとに土岐田さんが「オリエントエクスプレス」にあらわれた。顔見知りから金を借りるために病院を抜け出してきたので、ナニワ鉄道模型の社長を見つけると、しめたとばかりにまとわりついた。

〈結論を言えば、ぼくたちの計画は土岐田にバレてしまった。しかもアイツは、その場からぼくの携帯電話にかけてきて、「今すぐ店に来い。さもないと家に押しかけるぞ」と怒鳴った。自宅のある布施駅に着いたところだったが、ぼくが道頓堀のバーまで戻ると、待ちかまえていた土岐田にいきなり殴られた。〉

宇多さんは鼻血が止まらなくなり、「オリエントエクスプレス」のマスターが110番をした。すぐに警察官が駆けつけて、土岐田さんは暴行の現行犯として連行された。ただし、宇多さんのケガは軽傷であり、起訴されることはないだろうとのことだった。

〈いずれにしても、ぼくは土岐田とのつきあいを絶ちます。キミたちもそうしたほうがいいとは言いません。でも、重々気をつけてください。「鉄道の友」がこんなかたちで終わるのは残念です。なんとか考え直せないかと、昨日と今日自分で自分

を説得していたのですが、やはり無理だと結論せざるをえませんでした。〉
宇多さんから送られてきた長文のメールを、わたしは三度読み返した。二度目と三度目はビジネスホテルの部屋で読み、わたしは呆然《ぼうぜん》としたままフロントでわたされた段ボール箱を開けた。
室蘭の読者から「鉄道の友」編集部宛てに送られてきた荷物の中身は、封筒と六本のカセットテープ、それに三冊の大学ノートだった。ノートの表紙には「鉄童日誌」の文字が記されていた。
わたしはまず封筒を開き、折りたたまれていた便箋《びんせん》を広げた。

〈とつぜんお便りする失礼をお許しください。貴社にどうしてもお願いしたいことがあり、ご不審を招くことを承知でこの荷物を送ります。

私は学がなく、文章をよくしません。なにより、今年七十九歳と高齢で、手元がおぼつきません。妻はボケてしまい、子どもたちは遠方で暮らしているものですから、この手紙はお世話になっている介護福祉士さんに頼んで書いていただいています。

その方のすすめにより、私がお伝えしたいことを、同送のカセットテープに吹き込みました。がんばって話したつもりですが、ところどころ聴き取りにくいかと思います。

お忙しいこととは存じますが、ぜひお聴き願えませんでしょうか。そのうえで、「鉄道の友」でお取り上げいただけるかどうかについて、お返事をくださいませんか。よろしくお願い申しあげます。〉

達筆とは言いかねるボールペンの文字からは、代筆をしている「介護福祉士さん」の誠実さが伝わってきた。ここまでして送ってきたからには、カセットテープに録音されている内容はよほど切実なものなのだろう。

しかし、「鉄道の友」が復刊される望みは、つい今しがた消えたばかりだった。わたしに責任があるわけではないが、かつて編集にたずさわった者としては、読者に対して申しわけない気持ちでいっぱいだった。わたしは便箋をたたんで封筒にしまうと、洗面所で顔を洗った。

六本のカセットテープはいずれも録音時間が三十分のものだった。手紙の代筆をした介護福祉士さんが、七十九歳の老人が一度に語るのにはそのくらいの時間が適当だと判断したのだろう。

一本三十分とは、わたしにとってもありがたい長さだった。懐中時計を見ると十一時を指していて、明日は六時半起きなのだから、十二時には眠りたかった。

わたしはクローゼットの脇に置いていたスーツケースを開けた。ウォークマンでカセットテープを聴くのは五年ぶりだった。偶然だが、これから聴くテープが吹き込まれたのもほぼ五年前になる。

五年前、わたしはまだ蒲田にある東京車両製作所の社員寮で暮らしていた。数ヵ月後に、自分がＪＲ西日本に「ＦＡ移籍」するとは思いもよらなかったし、ましてや大阪で生涯の伴侶《はんりょ》と出会うことになるとは夢にも思っていなかった。

五年前に七十九歳だった老人は、まだ存命しているのだろうか？　宇多さんを殴って警察官に連行された土岐田さんは、どこでどんな思いでいるのだろう？

いくつもの思いが交差するなか、わたしは「Ｖｏｌ．１」と記されたカセットテープをウォークマンにセットして、イヤホンを両耳に入れた。

＊

これからお話し致しますのは、不思議な子どものことです。もう二十五年も前のことです。初めて会ったとき、あの子は四歳でしたから、今は三十歳になっているはずです。その子どもが、今どこでどうしているのかを、調べていただきたいのです。

すみません、先走ってしまいました。わたしは国鉄に勤めていました。室蘭の出身で、子どものころから列車の機関士になりたいと思い、国鉄に入社しました。青森と上野を結ぶブルートレインも数え切れないほど運転しました。

「鉄道の友」編集部の方には言わずもがなでしょうが、上野駅から青森駅までの全行程をひとりの機関士が運転するわけではありません。ブルートレインや貨物列車のように、機関車で客車や貨車を引くのは大変難しく、運転は二時間から三時間が限度だからです。

すみません、今度は話がそれてしまいました。わたしは四十歳を機に機関士を退き、北海道に戻って管理職の道を歩み始めました。

その子どもと出会ったときは、東室蘭駅の駅長をしていました。それは三月十七日の午後二時すぎでした。

駅長は、駅長室にいるのが普通です。運行に関する情報がつぎからつぎと入ってきますので、それを受けて駅員に指示を出さなくてはなりません。ただ、やはりずっと室内にいると気詰まりです。それに元々は機関士ですから、やはり列車が走る姿が見たくなります。

小さな駅なら、駅員の数も少ないので、駅長も駅員も大した区別はありません。反対に、札幌のような大きな駅では、駅長がホームに出たりしたら、駅員たちが迷惑をします。東室蘭駅はちょうど中間くらいの駅です。それに、わたしは腰が軽くてうろちょろするのが好きなので、一日に二、三度はホームに降りていました。

その日はよく晴れて、降雪や線路の凍結に悩まされることもなく、朝から列車の運行は順調でした。午後二時前に、わたしは助役にひと声かけて、ホームに向かいました。

びろうな話ですが、まずはトイレで用を足して、わたしは跨線橋の階段を下りてホームに立ちました。いつもの習いで指差し確認でホームの前後を見渡すと、札幌寄りのホームの先のほうを夫婦が子どもをつれて歩いていました。

父親は背が高く、長いコートを着て、左手に閉じたコウモリ傘を持っている。母親は左腕を夫の右腕にからめて、右手で男の子の左手を握っていました。

家族三人が横に並び、それぞれが楽しげにからだを揺らしながらホームの端に向かって歩いていきます。

「仲の良い家族だな。今どきめずらしい」

わたしは独り言をつぶやきました。わたしには息子が一人と娘が二人いましたが、三人共が就職や結婚で家を出てしまい、夫婦二人での暮らしをさみしく感じていたからです。

不思議に思ったのは、このホームに札幌行きの列車が入線するまでにはまだ二十分近くあって、改札はまだ始まっていないはずだからです。事実、ほかの乗客たちはまだホームに降りてきていません。

「たしか、その前に貨物列車が通過するんだったな」

そう思うか思わないかのうちに、汽笛の音が鳴り響きました。ふりかえると、ＤＤ51形ディーゼル機関車が重連でホームに入ってきます。かなりの数の貨車を引いているらしく、ホームが轟音《ごうおん》に包まれました。

「おーい、危ないぞ！」

都会の駅では、貨物列車の通過もアナウンスで知らせますが、乗客の少ない田舎の駅ではそんなことはしません。それに、大声で叫んだものの、わたしだってそれほど危ないと思っていたわけではないのです。線路寄りを歩く父親は貨物列車が来るのに気づいていないようでしたが、白線の内側を歩いていました。

わたしがいる場所からホームの先頭までは四、五十メートルはありました。おまけに貨物列車はものすごい音を立てているのだから、わたしの声など親子に届くはずもありません。

機関車が親子の傍らを通過しようとしたそのとき、どうしたことか父親がふらついて線路のほうにからだを傾けたのです。さらに悪いことに、バランスを取ろうと左手に持っていたコウモリ傘を突き出した。

それは、一瞬のことでした。父親は傘ごと機関車に引きずりこまれながらも、とっさに妻とからめた腕をふりほどこうとした。ところが、妻はかえって夫にすがりついた。そのかわりに、右手で息子を突き飛ばしたのです。

わずか一秒足らずの出来事なのに、しかも四、五十メートルも離れているのに、わたしは夫婦のそれぞれがした行為をたしかに見ました。

夫婦のからだは消えました。長い貨物列車に轢《ひ》き裂かれ、血しぶきと肉片となって飛び散りました。

＊

そこで、東室蘭駅の元駅長の声は途切れた。ほぼ同時にカセットテープが停止した。

「おいおい、ここでかよ」

　張り詰めていた緊張の糸が切れて、わたしは軽薄な文句をつけた。正直に言えば、息がつけてホッとしていた。

　片面十五分のテープが終わったわけで、リバースのスイッチを押せば、このまま裏面も聴ける。時計を見ると午後十一時二十分を過ぎていた。少し迷ってから、わたしは両耳に当てていたヘッドホンを外した。

「ここで止めないと、徹夜を覚悟でテープを六本とも聴きかねないからな」

　わざわざ理由を口に出して、わたしは右手に持っていたウォークマンをテーブルにおいた。ずっとボディーを握っていたので、手が汗ばんでいた。

　貨物列車に両親を轢かれた子どもは、その後どうしたのだろう？

　元駅長が、こんなテープを吹き込んでまで探そうとするからには、よほど気になっているのだ。おそらく、どこかの時点で音信が途絶えてしまったのだろう。

　全てを知った今から思えば不思議なのだが、一本目のテープのＡ面を聴き終えた時点では、わたしはその子どもの生年が自分と同じくらいであることや、自分もまた両親のいない子どもであることに、まるで思い至らなかった。また、「鉄童日誌」

と題された三冊の大学ノートにも、まったく目を向けようとしなかった。ずっとテープ起こしをしてきたので、カセットテープの内容がなによりも気になっていたからだろう。

わたしの頭にあったのは、明日からの仕事に備えて、早く眠らなければということだった。もうひとつ、このカセットテープが、雑誌「鉄道の友」を復活させるきっかけになるのではとの期待も抱き始めていた。

これまで、数多くの対談やインタビューのテープ起こしをしてきた経験からすると、東室蘭駅の元駅長が送ってきたテープはピカイチの内容だと思われた。七十九歳という高齢にもかかわらず記憶力は抜群だし、ひと言ひと言をかみ締めるような語り口は朴訥《ぼくとつ》でありながらも切実で、わたしは出だしからすっかり引き込まれた。自分では謙遜《けんそん》しているが、そうとう賢く、立派な人物なのではないだろうか。

たしか、東室蘭駅もそこそこ大きな駅だったはずだ。室蘭本線において中心的な役割を果たしており、貨物の基地もあったと思う。

最後までテープを聴いたうえで判断すべきことだが、鉄道に詳しいノンフィクション作家に話を持ちかけてみたらどうだろう。三十代半ばに成長したその子どもを探し出し、元駅長と再会するまでをドキュメント風の読み物に仕立てれば、「鉄道の友」復刊号の目玉になる。そうなったら、宇多さんだって気が変わり、土岐田さんと仲直りしてくれるかもしれない。あれこれ期待をふくらませるうち、おとといの夕方に「鉄道の友社」から持ち出した段ボール箱が宝物のようにさえ見えてきて、わたしは興奮を抑えながら眠りについた。

わたしは翌朝六時半まで熟睡した。日ごろの疲れに加えて、「鉄道の友」の復刊がらみの件で気をつかったからだろう。あまりにもよく眠ったため、自分がどこにいるのか、すぐにはわからないほどだった。

「ここは、どこだ？」

仙台駅前のビジネスホテルにいるのだと気づいてから、わたしはわざとらしくつぶやいた。洗面所で顔を洗っていると携帯電話が鳴って、かけてきたのは友紀子だった。

「おはよう。おとうさん、よく眠れた？」

「ああ、よく寝られた」

そう答えながら、友紀子の背後から聞こえてくる物音で、わたしは彼女が実家にいるのだとわかった。

「やっぱりバレた。でも、ようわかるなあ」

おかあさんが朝ごはんの支度をする音なのか、それともおとうさんが聴いているラジオの音なのか。とにかく、友紀子の実家としか言いようのない気配が、彼女が持つ受話器を通して伝わってきた。

「じつは、昨日の晩に、『鉄道の友』のことでよくない連絡があってね。でも、長い話になるから、今夜か、明日の晩にでも、こっちから電話をするよ」

「わかった。うちは金曜日までは、おとうちゃんとおかあちゃんのとこにおるから、いつでも電話してきて」

わたしがとっさに「明日の晩」をつけ足したのは、今夜一気にカセットテープを聴いてしまうだろうと思ったからだ。三十分テープが六本なので、残りは三時間足らずだった。午後八時から聴き始めても、十一時すぎには聴き終われる。

その思いつきを実行に移すため、午後六時に仕事を終えると、わたしはまっすぐ仙台駅に戻った。新幹線総合車両センターは新利府《しんりふ》駅に隣接しているため、東北本線で十分ほどしかかからない。晩ごはんはホテルの部屋で食べるつもりで、仙台名物の牛タン弁当とサラダ、それにペットボトルの緑茶を買ってきた。

ひと風呂浴びると、わたしはベッドに寝ころんだ。丸一日新幹線の定期検査をしてきたので、腰や背中がパンパンに張り、目も疲れていた。ベッドで十五分ほど横になってから起き上がり、わたしはテーブルのうえのウォークマンに手を伸ばした。ヘッドホンをはめて、リバーシブルモードにしてから再生のスイッチを押すと、元駅長の声が耳に響いた。

＊

わたしは跨線橋の柱についている非常用ボタンを押すと、男の子に駆け寄りました。ケガをしていないかも心配でしたが、なにより両親の遺体を見せてはならないと思ったからです。

「坊や、大丈夫かい？」

声をかけながらホームにかがむと、子どもは気を失っていました。仰向けのかっこうで倒れていて、胸に手を当てると鼓動があります。

母親に突き飛ばされた拍子に頭を打ったのか、それとも両親が貨物列車に轢き裂かれるところを見たショックで気を失ってしまったのか。いったいどっちだろうと心配していたところに、助役たちがやってきました。

「駅長、どうしました？」

「人身事故だ。この子の両親が貨物列車に轢かれた。飛び込みじゃなくて、父親が持っていたコウモリ傘が機関車と貨車の継ぎ目に引っかかったんだ。大至急、すべての列車を止めて、警察にも連絡してくれ。それから、待合室にいる乗客たちをホームに降ろさないように」

「わかりました」

助役が跨線橋の階段を駆けあがっていき、若い駅員がホームに残りました。

「きみは、その、経験はあるのか？」

「はい。前に勤務していた駅で、一度だけですが」

「そうか。それじゃあ、現場を確認してくれ」

「わかりました」

轢死体《れきしたい》を見ることにあまり抵抗がないのか、若い駅員は軽快なフォームでホームの端まで走り、ハシゴを伝って線路に下りていきました。

わたしは機関士をしていたときに二度、人を轢いています。いずれも自殺志願者だったようで、線路上に横たわっていました。もちろん、気づいてすぐに急ブレーキをかけましたが、列車は簡単には停止できません。必死の願いを込めて警笛を鳴らしても、線路上に横たわったひとは起きてくれませんでした。八十歳近くなった今でも夢に見るほどなので、これ以上の説明は省きます。

わたしが東室蘭の駅長になってから、駅構内で人身事故が発生したのは、そのときが初めてでした。しかも、間違いなく死亡事故で、警察による現場検証や遺体の回収作業、それに線路やホームの清掃を合わせると、最低でも一時間半は列車の運行を停止させなくてはなりません。わたしも目撃者として事情聴取を受けることになるでしょう。

運行再開までの段取りを考えていると、「駅長、ダメです」と声が聞こえました。

「二人とも、まるでバラバラです」

「おい、ことばに気をつけろ」

いくらホームに乗客がいないからといって、乱暴な言葉づかいは禁物です。なにより、この子が聞いていたらと思って注意したのですが、わたしの声のほうが大きかったらしく、子どもが顔をしかめました。

「すみませんでした。でも、本当にバラバラで、原形をとどめている部分がほとんどないくらいです」

そこに助役たちが人身事故の現場を遮蔽《しゃへい》するためのシートを持って戻ってきまし

た。

あとをまかせて、わたしは子どもを抱きあげました。気を失っているせいでまるで脱力していて、両腕にずしりと重さがきました。体重は十五キロ前後、顔つきやからだつきからすると年齢は三歳か四歳でしょう。

長女のところに娘が二人いて、当時三歳と一歳だったので、わたしの観察はおおよそ正しかったと思います。わたしはいいかげん衰えていましたが、子どもを抱きかかえるくらいの体力はありました。

わたしは男の子を抱えて階段をあがり、駅長室に向かいました。売店の女性店員が手を貸してくれて、わたしは来客用のソファに子どもを寝かせました。靴を脱がせて、毛布をかけても、子どもは目をさます気配がありませんでした。

「きみ。わたしが戻るまで、この子につきそっていてくれないか。わかっていると思うが、目をさましても両親が事故に遭ったことは言わないように」

小声で言ったので、女性店員は黙って頷きました。

駅長室を出ると、わたしは改札に向かいました。そして、あたりにいた二十人ほどのひとたちに呼びかけました。

「みなさん、すでにお聞き及びかと思いますが、十五分ほど前に当駅で貨物列車に夫婦が巻き込まれました。二人とも亡くなったと思われます。夫婦がつれていた三、四歳くらいの男の子は無事です。このなかで、どなたか、その三人づれの家族を知っているという方はおられませんか」

一番前にいた中年男性が首を横にふると、その動作が伝染するようにして、オーバーやジャンパーを着込んだひとたちがつぎつぎに首をふりました。

「わかりました。ありがとうございます。運行再開についての情報は随時お知らせしますので、誠に申しわけありませんが、しばらくこのままお待ちください」

そう言って一礼したところに警察が到着しました。よく知っている年配の巡査長の他に二名の警官が一緒でした。

わたしは手短に状況を説明して、そのまま現場検証に立ち会いました。夫婦の遺体は、若い駅員が報告してくれたとおりの状態でした。

「轢死体は何度も見ていますが、ここまでのものは初めてですな。駅長が事故を目撃していなければ、何人が仏になっているのかさえわからないところですよ。頭部はおろか、手足までほとんど形をとどめていないんだから」

巡査長は呆《あき》れたとも、感心したとも取れるような口調で言い、首のうしろを掻《か》きました。

「二十両以上の貨物列車の、先頭車両付近に巻き込まれたもので……」

わたしは自分の責任でもあるかのようにうなだれました。

「今のところ、仏さんたちの身元を証明するものも見つかっていなくてね。これがおそらく男性用の財布だと思うんですが」

差し出されたビニール袋には、十以上の破片になった茶色の革製品が入っていました。見ると、一万円札らしきものの破片もあります。

「ちゃんと数えたわけじゃありませんが、七、八万円は入っていたようですね。それでいて、カバンは持たずにコウモリ傘一本というんだから、家族三人でどこに行こうとしていたのやら。キップが見つかればいいんですがね。車の免許証だともっといい」

巡査長はそうこぼすなり両手を叩きました。

「そうだ。列車に轢かれた夫婦は、近辺の温泉旅館に宿泊していたんだ。洞爺湖《とうやこ》温泉か、登別《のぼりべつ》温泉に」

「なるほど。それなら、手ぶらでいたことに説明がつきますね」

わたしが感心すると、巡査長が得たりという顔で頷きました。

「よし。子どもが回復したら、名前や住所を訊いてみましょう。もしも、それで要領を得ないようだったら、近辺の観光地にある宿に片《かた》っ端《ぱし》から当たってみればいい」

ベテランの警察官らしい推理を頼もしく思いながらも、わたしはひとことつけ足しました。

「利発そうな子なので、ショックを与えないように気をつけていただかないと」

わたしの忠告に、巡査長が咳払《せきばら》いをしました。やはり捜査に関することとなると、指図めいたことを言われたくないのでしょう。

「どうぞ、こちらです」

相手の機嫌を損ねないように腰を低くして、わたしは巡査長を駅長室に案内しました。

＊

一本目のテープが終わり、わたしは続いて「Ｖｏｌ．２」と記されたカセットテープをウォークマンにセットした。

それまではベッドにすわっていたが、腰が痛くなってきたので、窓際におかれた椅子に移った。

緊張で渇いた喉《のど》をペットボトルの緑茶で湿らせてから、わたしは再生のスイッチを押した。

わたしの耳元で、元駅長が話し出した。

＊

せっかく聴いてくださっているのに、話の腰を折るようで申しわけありませんが、録音を手助けしてくれている介護福祉士さんから、少し話が細かすぎるのではと注意を受けました。もっともなご意見だと思います。ですが、わたしは薄れかけた記憶を懸命に呼びさましながら話しています。エピソードを取捨選択する余裕などないため、こんな話し方になっていることを、どうかお許しください。

単刀直入に申しあげれば、あの子は記憶喪失になっていました。最初のうちは、突然両親にいなくなられたショックで頭が混乱しているのだと思っていたのですが、後日専門の医師に診てもらった結果、記憶喪失であるとの診断がくだされました。わたしがあの子と初めて会ったときに四歳だったと言ったのも、医師の見立てで四歳くらいだろうと推定されたからにすぎません。

そうです。あの子は両親を失うのと同時に、生い立ちに関する一切の情報までもを失《な》くしてしまったのでした。

先走ってすみません。ここからが、一本目のテープのつづきです。

わたしが巡査長と共に駅長室に戻ると、あの子がちょうど目をさましたところでした。

「やあ、坊や。頭は痛くないかい？」

わたしの質問に、子どもは首をふりました。

「そうか、それはよかった。ねえ、ぼく。おじさんはこの駅の駅長さんなんだ。ほら、この帽子と制服が証拠だよ。きみも、男の子だったら、きっと汽車が好きだろう？」

そう言うと、鉄童《てつどう》は……。

たびたびすみません。「鉄童」というのは、鉄の童《わらべ》と書いて、われわれがあの子につけたニックネームです。いつまでも名無しの権兵衛《ごんべえ》では不便ですし、かといって勝手に名前をつけるわけにもいかないため、われわれのあいだでは「鉄童」と呼ぶことにしたのでした。

「きみも、男の子だったら、きっと汽車が好きだろう？」

わたしがそう訊ねたとき、鉄童は満面の笑みを見せました。反対に、わたしは涙をこらえきれなくなりました。両親を貨物列車に轢かれてしまったとも知らず、無邪気に微笑む姿があまりに不憫《ふびん》だったからです。

「坊や、お名前は？」

わたしに代わって巡査長が訊くと、鉄童はポカンと口を開けました。

「それじゃあね、歳はいくつだい？　三つかな、四つかな」

しかし、それにも鉄童は答えませんでした。

「坊やのおうちはどこだい？」

やはり、鉄童は意味がわからないという顔をしています。

「坊や、汽車は好きだよな？」

わたしがさっきと同じ質問をすると、鉄童もさっきと同じ笑みを見せました。

「服に名前が書いてあるんじゃないかしら？」

女性店員が言って、「それだ！」というように巡査長とわたしは目を合わせました。もっとも、いくら三、四歳の子どもとはいえ、いきなり裸にするのはかわいそうです。

「ねえ、オシッコをしたいんじゃない？」

女性店員が実に自然に訊いて、鉄童が頷きました。

「じゃあ、おねえさんがつれて行ってあげる」

おねえさんという歳ではないのですが、女性店員は鉄童にスリッパをはかせると、トイレに向かいました。

「この隙に、靴を見てみましょうか」

わたしが言うと、巡査長がかがんでズックを手に取りました。そして、靴のなかを覗《のぞ》いたり、底まで見たりしましたが、左右の靴のどこにも名前は見当たりませんでした。トイレから戻ってきた女性店員も黙って首を横にふりました。

どうやら子どもからは手がかりが得られそうもないとわかり、巡査長は警察署に帰っていきました。洞爺湖温泉や登別温泉にある民宿、旅館、ホテルに片っ端から電話をかけて、昨夜三人づれの家族が泊まらなかったのかを調べようというのでしょう。宿帳には氏名、住所、電話番号が書いてあるはずですから、三、四歳の男の子をつれた夫婦という条件に当てはまる全員に連絡を取っていけば、消去法で亡くなった夫婦がわかるわけです。ただし、偽名を使っていたり、ニセの連絡先を書かれていたら、どうしようもありません。

そうこうするうちに、人身事故の発生から一時間がすぎました。そのころには、わたしも子どもが普通の状態ではないと気づいてきました。

三、四歳なら幼稚園に通う年齢で、気持ちもかなりしっかりしてきます。しかし、それは家族が一緒か、よく知っている場所にいるときの話でしょう。まるで知らない部屋にいて、そばにいるのは見知らぬ大人ばかり、しかも一緒にいたはずの両親は影も形もないとなれば、大声で泣きじゃくるほうが自然です。ところが、鉄童はまるで平気な様子で、母親を探すそぶりすら見せないのです。

「きみの、おとうさんとおかあさんは、どこに行ったんだろうね？」

残酷な質問だと思いつつ、わたしは思い切って訊きました。しかし、鉄童はなんの反応も見せませんでした。

「少し、変ですよね」

女性店員も、不安げに言いました。

そのとき、助役がやってきて、わたしは列車の運行再開に向けての手続きに入りました。

事故発生から約二時間後の午後四時十分に、室蘭本線の運行は再開されました。わたしはその後も仕事に追われて、駅長室に戻ったのは五時半すぎでした。

「あの、そろそろ家に帰りたいのですが」

ずっと鉄童につきそっていた女性店員に言われて、わたしも弱りました。そこで警察に電話をして、巡査長に相談すると、迷子という扱いであずかり、児童相談所と連携して子どもを保護するとのことです。さらに、新聞社に情報を流して、人身事故の状況と共に子どもの特徴も記事のなかに書いてもらえば問い合わせがくるのではと言われました。

「そうですね。それならきっと親戚か近所の人から連絡がくるでしょう」

わたしはすっかり安心しました。それと同時に、今夜この子を警察にまかせるのはかわいそうな気もしてきました。

「ねえ、坊や。坊やのおうちはどこだい？」

わたしがなにげなく訊くと、鉄童がにっこり笑い、前を指差しました。

「あっち」

「そうか、そっちなのか」

わたしは助役を呼んで、あとをまかせました。そして、鉄童が歩いていくほうについて行きました。

「どこに行くのかな？」

すると、鉄童は改札口を通り抜けようとしました。

「汽車に乗るのかい？」

わたしが訊くと、鉄童は満面の笑みを見せました。

「どこに行く汽車に乗るのかな？」

あと五分もすると、函館行きの特急列車が到着します。八分後には、苫小牧《とまこまい》行きの普通列車が来ます。

「どっちに乗るのかな？」
三、四歳の子どもに、自分の家に帰るルートがわかるはずはないと思いながらも、わたしは鉄童に訊きました。
「あっち」

鉄童は苫小牧方面と表示が出ているホームを指差しました。まさかと思いましたが、列車に乗っているうちに自分の名前や両親の名前を思い出すかもしれないと考えて、わたしは鉄童と一緒にホームに降りました。

鉄童は、ホームの先頭に向かって走り出しました。嬉々《きき》として、跳びはねるように走る姿を見て、この子の両親はきっと運転席の窓から前方の景色を見せていたにちがいないと思いました。長女のところの男の子が、やはりそうだったからです。

「おいおい、気をつけて」

わたしは孫に注意をするように言いました。

まもなく列車が到着して、鉄童とわたしは先頭車両に乗りました。予想どおり、抱っこしてほしいという仕草を見せたので、わたしは鉄童を抱きあげました。気を失っていたときとはちがい、しっかりしたお尻の筋肉が腕に当たります。

「ほら、見てご覧」

制服に制帽姿の駅長が子どもを抱いているので、乗客たちが場所を空けてくれました。

「あっち」

鉄童が前方を指差すと、列車が動き出しました。

「どうだ、汽車はいいだろう？」

わたしが訊くと、鉄童が笑顔になりました。本当にいい笑顔で、まわりにいた乗客たちまで笑顔になりました。

二駅も行くと、鉄童は眠ってしまいました。ぽかぽかしたからだを抱いているうちに涙がこぼれそうになり、わたしは帽子を目深《まぶか》にかぶりました。

第八話　東室蘭駅

　カセットテープが停止した。Ｖｏｌ．２のＢ面が終わったので、わたしは右手で握っていたウォークマンをテーブルにおいた。喉はからからに渇いていたが、ペットボトルに手を伸ばす気にはなれなかった。

　東室蘭駅の元駅長の口から「記憶喪失」の一語が発せられたとき、わたしは心臓が破裂するかと思った。テープが止まったあとも鼓動は激しく打ちつづけていて、強い耳鳴りがした。

「駅長の目の前で、貨物列車に巻き込まれて轢死した夫婦が、わたしの両親なのだ。つまり、『鉄童』と呼ばれた男の子は、わたしなのだ」

　頭のなかに、同じフレーズがくりかえし鳴り響いた。

「母は、息子のために生き残るよりも、夫と共に死ぬことを選んだ」

とっさの判断だけに、そこに母の真情があったのは疑いようがなかった。

わたしはからだが粉々に砕け散るような衝撃を受けた。もちろん、それは比喩《ひゆ》であって、ホテルの窓ガラスには、ヘッドホンを両耳につけたわたしの姿が映っていた。

「いや、ちがう。よく似た経歴の、別人の話だ。きっとそうにちがいない。自分の両親が亡くなった事故の一部始終を、偶然手に入れたカセットテープで知るなんてことがあってたまるか」

わたしは必死に抵抗して、事実を受け入れまいとした。しかし、「鉄童」の年齢がわたしとほぼ同じであることを思い出して慄然《りつぜん》とした。

少し間をおいて気持ちを整理することも考えたが、わたしはウォークマンからVol．2のカセットテープを取り出した。Vol．3のテープを再生させると、元駅長がまた話し出した。

＊

その晩、わたしは鉄童を自宅につれて帰ることにしました。こんな遅い時刻に、児童養護施設に幼い子どもをあずけるのは、先方に迷惑だと思ったからです。

駅長室から巡査長に電話をしてその旨を伝えると、「そうしていただけるなら、そのほうがいいでしょうな」と賛成してくれました。亡くなった夫婦の身元は、依然としてわからないままとのことでした。

「ところで、サツ回りの新聞記者たちにそれとなく事情を話したら、興味津々でしたよ。北海道新聞も北海タイムスも、明日の朝刊に記事を載せるそうです。ご迷惑でなければ、これから駅長のご自宅に取材に行かせてもかまいませんか」

その件は助役からも聞いていたので、わたしは「是非お願いします」と答えました。疲れていたこともあり、本当は翌朝にしてもらいたかったのですが、鉄童のためを思えば、記事にしてもらうのが早いに越したことはないからです。

妻に電話をして、人身事故について話すと、彼女はすでに詳しいことを知っていました。

狭い町ですから、駅構内での死亡事故は大事件で、ご近所の方が教えてくれたのだそうです。

「それで、その子を一晩あずかろうと思ってね。どうだろう?」

「そうおっしゃるんじゃないかと思っていました。それじゃあ、美雪《みゆき》に子ども用の下着とパジャマを持ってきてもらいますね。真人《まさと》のがあるでしょうから」

まったく、妻はよく気がつく女で……。

＊

駅長は胸が詰まったらしく、一分ほどむせび泣く声が聞こえた。

＊

すみませんでした。妻の声色をしたら、あれが元気だったころを思い出して、気持ちを抑えられなくなりました。

中途半端なところで打ち切って恐縮なのですが、今日はここで録音を終わりにします。

じつは、録音を手伝ってもらっている介護福祉士さんに、二本目のB面までを吹き込んだところで区切りにしたほうがいいと言われていました。あと一本分は話せる気がして、三本目を始めたのですが、やはり無理だったようです。

すみません。どうか、お許しください。

＊

十秒ほどの間のあと、東室蘭駅の元駅長が話を始めた。

＊

おとといは、すみませんでした。介護福祉士の方と相談して、一日おくことにしたのです。わたしの体調を考慮したためと、彼の都合もあり、昨日は録音を休みにしました。しかし、気持ちがせいて大変でした。早く鉄童のことを話したい、もしも最後まで話し終わらないうちにわたしが死んでしまったらどうしようと、一日中悶々《もんもん》としていました。

自分ひとりで録音することも考えたのですが、おとといのように感極まってしまう恐れも多分にあると思い、やはり今日を待つことにしました。

聴いてくださっている方にはどうでもいいことかもしれませんが、こんな精神状況で吹き込んでいるのだということも、お伝えしておきます。それから、北海道では列車のことを「汽車」と言います。非電化区間が多く、ディーゼルエンジンで動く気動車が数多く運行しているので、「電車」では列車の総称にならないからです。

今日は、初めから、カセットテープ二本分を話すと決めております。つまり、三本目のテープの残りの時間と、四本目を話します。そして明日、五本目と六本目を話して、録音を終わる予定です。あくまで予定ですので、実際にどうなるかはわかりません。

それでは、始めます。妻が、美雪から、子ども用のパジャマと下着を借りようとしたところからです。

美雪というのは、われわれの長女です。そのころは室蘭市内に住んでいたのですが、数年後、夫の転勤に伴い、東京に引っ越してしまいました。真人は美雪の長男。もうひとり、次男の誠也《せいや》がいます。今は二人とも成人して、それぞれ所帯をかまえています。本当に、月日が経つのは早いものです。子宝にも恵まれて、美雪も三人の孫がいるおばあちゃんになりました。われわれは、ひいじいちゃんとひいばあちゃん。ところが、ひいばあちゃんは半年ほど前からアルツハイマー病を患い、介護施設に入っています。ボケが進んで、なかなか会話が成り立たない。わたしは、それがつらくてね……。

いや、ごめんなさい。おとといの二の舞いになるところだった。じつは、このテープを吹き込むことにしたのも、妻の様子がおかしくなったからなのです。

あれはひと月ほど前でした。施設に見舞いに行ったら、彼女を担当してくれている看護師さんに呼ばれました。どうやら、妻が幻覚を見るようになっているらしい。

「鉄童ちゃん。そっちに行っちゃ、危ないでしょう」

そんなことを言って、ベッドから身を乗り出すという。個室なんで、よそ様に迷惑はかけないで済んでいるものの、看護師さんとしては心配になった。

もっとも、幻覚を見ること自体は、それほど大騒ぎをすることでもないらしい。薬の加減で、ほかの入所者のみなさんのなかにも、そこにいない誰彼の姿を見ているひとがかなりいるんだそうです。若いころの知り合いが多くて、一番は初恋の相手だという。つまり、八十歳を超えたご老人方が、十代のころに好きだった異性の姿を幻視しているというんだから、なんとも麗しいじゃありませんか。

しかし、配偶者としては心穏やかではいられません。妻は青森生まれで、わたしとは見合い結婚だから、見たことも聞いたこともない若造の幻覚を見られるよりは、鉄童の心配をしてくれているほうがずっといい。

話がそれました。なにを言おうとしていたのかというと、妻が鉄童に会いたいというんです。鉄童の幻覚が見えて、ちょろちょろ歩くあの子のことを心配しているかと思うと、まじめな顔でわたしに訊いてきます。

「あなた、鉄童ちゃんは、今どこでなにをしているんでしょうね？　わたしは、一度でいいから、あの子に会いたいの。あれは、とてもいい子でしたよ。不思議な、不思議な子どもでした。いったい、どんな大人になっているのでしょうね？」

わたしがおどろいたのは、われわれはもうずっと鉄童のことを話題にしていなかったからです。あの子をあずかっていたのは、一年半ほどにすぎませんでした。最後の半年ほどは室蘭に戻ってこない日も多かったから、それほど多くの日数を一緒にすごしたわけではないのです。しかも、ふいに別れることになったために、その後はわたしのほうから鉄童のことを話題にすることはありませんでした。頭の片隅に引っかかってはいても、口に出すのが憚《はばか》られる気持ちがあったのです。

それを察して、妻は黙っていたのでしょう。ところが、アルツハイマー病のおかげで、はからずも心の重しが取れた。鉄童と別れてから二十五年近くが経っているのだから、よほど心にかかっていたのだと思います。

彼女の願いを知って、わたしは迷いました。鉄童を、神奈川県茅ヶ崎市の児童養護施設にあずけたのは、あの子が五歳の十二月でした。その前後のことは、あとで詳しく話します。

妻は、心のどこかで、鉄童をずっとそばにおいておきたいと思っていたのでしょう。わたしより五歳したで、子どもたちが就職や結婚で家を出てしまったあとだったこともあり、もうひとり子どもを育ててみたいと考えていたのではないかと思います。

わたしも、鉄童をどうすべきかについては、ずいぶん悩みました。このままうちで引き取るのがいいのか、それともどこかの施設に入れるほうがいいのか。

しかし、あるアクシデントが起きて、鉄童はわれわれのもとを離れることになりました。偶然とはいえ、有無を言わせぬ運命によって、あの子はまたしてもひとりぼっちになってしまったのです。

すみません。すっかり先走ってしまいました。時計の針を、あの子の両親が貨物列車に轢かれた日の夜に戻します。

わたしが鉄童をつれて自宅に戻ると、すぐに新聞記者たちがやってきました。北海タイムスは若手の記者が、北海道新聞は室蘭支社のデスクと若手記者の二人組でした。

合わせて三人の記者たちを応接間に通して取材を受けていると、朝日新聞と読売新聞と毎日新聞の記者たちも駆け込んできました……。

＊

二十五年も前の記憶を鮮明に呼びさましながら話す元駅長には申しわけないのだ

が、Ｖｏｌ・３のカセットテープの後半は冗長だった。もちろん、わたしはひと言も聴き漏らさないように耳を傾けはしたが、これまでの話からおおよその展開は読めていた。

要約すれば、北海道新聞と北海タイムスは、東室蘭駅のホームで起きた人身事故について、翌朝の社会面で大きく取り上げた。朝日・読売・毎日の各紙は道内版の頁でだったが、通常の人身事故よりも扱いはずっと大きかったという。いずれの新聞でも、死亡した夫婦の身元がわからず、ひとり残された三、四歳の男の子の名前さえもわかっていないことが、記事のなかで強調された。心当たりがある方は、室蘭警察署までご連絡いただきたいとの記事は大きな反響を巻き起こした。

その日だけで五十件を超える情報が室蘭警察署に寄せられたが、応対した職員が詳しく訊いてみると、ほとんどが一方的な思い込みで、死亡した夫婦の身元を特定する手がかりは得られなかった。

その夫婦は、外国人のスパイだったんだ。逃亡中の暴力団員とその妻子で、親戚や知人も口をつぐんでいる等など、真偽不明の噂も飛び交い、一、二週間は道民たちの関心を集めていたが、やがてつぎのニュースに取って代わられた。

もちろん、警察は夫婦と子どもの身元を特定するために全力を尽くした。しかし、ひと月が過ぎても有力な情報は得られなかった。そして、その間も、男の子の記憶がよみがえることはなかった。

三本目のカセットテープのつづきを聴きながら、わたしはペットボトルの緑茶を何度も飲んだ。また、トイレで用を足した。

不謹慎だという気もしたが、もはや語られている子どもはわたし自身に間違いないのだから、多少の無作法は許されると屁理屈《へりくつ》をつけて、眠気ざましにラジオ体操までした。ただし、四本目からはいよいよ後半に入るわけで、カセットテープを入れ替える手がふるえた。

＊

事故から一年がすぎて、鉄童は身元不明の孤児と認定されました。捨てられた赤ん坊ならいざ知らず、五歳で身元不明と認定されるのは異例だとのことでした。

家庭裁判所と室蘭市長からの要請を受けて、あの子の名前はわたしがつけました。誕生日は三月十七日にしました。両親の命日ですから、忌むべき日かもしれませんが、あの子が生き延びた日でもあると考えてのことです。

市役所の担当者や児童相談所の職員にわたしも交えて、鉄童をどうすべきなのかについて何度も話し合いが持たれました。そのたびに、わたしはあれこれと理屈をこねて、これまでどおり東室蘭駅に勤務する国鉄職員が一丸となって、鉄童の面倒を見ていくことを承知させました。

そもそもは、こんな成りゆきでした。

わが家に鉄童を泊めた翌朝、わたしはいつものように午前八時に東室蘭駅に出勤しました。すると、小一時間後に、妻が鉄童と一緒に駅の事務室にあらわれました。

「『あっち、あっち』と言って、きかないんだもの。ポッポが見たいんですって」

朝ごはんを食べている最中から、「ポッポ、ポッポ。あっち、あっち」と鉄童はくりかえして、妻の袖を引いたそうです。妻のほうでも、両親を亡くしたばかりの子どもを不憫に思っているので、鉄童が望むままに駅まできてしまったとのことでした。

「この子と二人で、汽車に乗ってきてもいいかしら。札幌で、ラーメンでも食べて、午後二時ごろには戻るから」

そう言い残して、妻はいそいそとキップを買い、ホームに降りていきました。

夫婦二人暮らしになってから、妻が手持ちぶさたにしているのは知っていました。旅行にでもつれて行ってやればいいのでしょうが、駅長という立場ではそう簡単に室蘭を離れられません。ですから、鉄童との散歩がいい気分転換になってくれればと、わたしは軽い気持ちで妻たちを見送りました。

ところが、午後三時をすぎても、四時になっても、妻たちは東室蘭駅に戻ってきません。当時は携帯電話なんてありませんから、こちらからは連絡の取りようもなく、わたしは汽車が到着するたびに改札口を見に行くあわてようでした。

午後五時半になって、妻と鉄童はようやく東室蘭駅に帰ってきました。

「もうダメ。とても立っていられない」

妻は改札口を抜けたところでしゃがみこんでしまいました。疲れ果ててはいても、どことなく嬉しそうです。とても晩ごはんは作れそうもないので、わたしは売店で駅弁を買って、三人で駅長室で食べることにしました。

「この子ったら、本当に汽車が好きなのね。それも、特急より鈍行のほうが好きなの。『あっち、あっち』って、自分が乗りたい汽車を指差すのよ。お口が遅いみたいで、まだお話はできないのに、汽車の種類はわかるのね」

「偶然だろ」

「そんなことはないわ。それなら説明するから」

妻は壁に貼られた鉄道路線図の前に立ち、自分たちが辿《たど》ったルートを指でなぞりました。まずは東室蘭駅から苫小牧駅まで行き、そこで早くも引き返そうとしたそうです。

「だって、鈍行列車の先頭車両で、ずっとこの子を抱っこしていたのよ。運転席の窓から前を見たいって言うから」

腕が疲れて床におくと、鉄童は爪先立《つまさきだ》ちになり、精一杯背伸びをする。その様子があまりに健気《けなげ》なので、妻はへとへとになりながらも抱っこをしてしまったとのことでした。

ようやく苫小牧駅に着き、これではからだがもたないと、妻は函館行きの特急列車で引き返そうとした。ところが、鉄童が地団駄を踏んで猛烈に抵抗した。

「同じホームにいたお客さんたちから、誘拐犯じゃないかって目で見られちゃって、駅員さんまで飛んできたから、あなたの名前を出しちゃった」

「おいおい、そりゃ困るなあ」

妻とわたしがおしゃべりをしているうちに、鉄童はソファにもたれて眠ってしまいました。

札幌駅から乗った特急列車のなかでも少し寝たそうですが、丸一日汽車に乗っていたのだから、さぞかし疲れたのでしょう。

「でも、不思議よね。あの子の乗りたい汽車に乗ってあげさえすれば、真人や誠也よりもなついてくるの。昨日の夜に会ったばかりなのに。お行儀も良くて、ニコニコしてるから、『かわいいお子さんですね』なんて、ほかのお客さんが寄ってきて。あたし、おばあちゃんじゃなくて、おかあさんだと思われたのかしら」

妻は小声で嬉しそうに話し、今日の移動ルートを説明し直してくれました。東室蘭駅→苫小牧駅→追分《おいわけ》駅→岩見沢《いわみざわ》駅というルートは、まさに室蘭本線そのものです。

室蘭本線は、夕張《ゆうばり》や岩見沢の炭鉱で採掘された石炭を札幌を経由せずに室蘭港まで輸送するために敷かれた鉄道路線です。苫小牧〜岩見沢間は今ではすっかりさびれてしまいましたが、かつては北海道における鉄道のメインルートでした。もちろん妻はそんなことは知らず、初めて乗ったローカル線の旅を満喫したとのことでした。

「大変だったけど、楽しかったわ。苫小牧駅で函館行きの特急が出発してしまったあと、あたしは札幌行きの特急列車に乗ろうとしたの。そうしたら、あの子が別のホームに停《と》まっていた岩見沢行きの汽車を指差して、『あっちのポッポ。あっちのポッポ』で大騒ぎだったのよ」

「なんだって。おい、もしかすると」

鉄童とその両親は岩見沢か夕張で暮らしていたのではないかとひらめいて、わたしは室蘭警察署の巡査長に電話で伝えました。石炭産業が斜陽化して過疎化が進んでいるとはいえ、炭鉱ではさまざまな出身地から来たひとが働いています。わけありのひとたちも多く、お互いのプライバシーには立ち入らないから、二、三日姿が見えないくらいでは気にも留めないのではないか。

「なるほど、その可能性は大いにありますな。いや、有益な情報をありがとうございます。さっそく当たってみましょう」

巡査長は勇んで答えてくれました。しかし、鉄童の身元がわからなかったのは、すでにお話ししたとおりです。

その翌日も、妻は鉄童に引っ張られて駅の事務室にあらわれました。

「だって、どうしても駅に行くってきかないのよ」

そう話す妻は、今日も昨日と同じようなことになるのかしらという不安な目をわたしに向けてきました。児童養護施設にあずけないなら、われわれが鉄童の面倒を見るしかありません。しかし、五十歳近い妻に、二日つづきでつきあわせるのは、あまりにも酷です。

「うーん、どうするかなあ」

「駅長、ぼくはこのあと長万部《おしゃまんべ》駅まで打ち合わせに行くので、あの子を一緒につれていきましょうか？」

そう言ってきたのは、Sでした。

「長万部駅に着いたら、こっちに戻る汽車に乗せますよ。最後尾の車両に乗せて、車掌に言い含めておけば大丈夫なんじゃないですかね」

「ダメよ、そんなの。絶対に危ないわ」

妻はむきになって反対し、Sをにらみました。

「まいったなあ。ぼくは、いい加減な気持ちで言ったんじゃないですよ。その子は汽車が好きで、乗ってるあいだはいい子にしていられるんですよね。じつは、ぼく、もそうだったんです。自慢するわけじゃないけど」

Sは北大法学部卒の幹部候補生ですが、エリート臭のない、気さくな男でした。運転士や車掌、それに保線区の作業員たちとも仲が良く、一緒に酒を飲みに行ったりもしていました。今はJR貨物の要職について、大いに活躍しています。本名を出すと差し障りがあるかもしれませんので、イニシャルにしておきます。

それからSが打ち明けたところによると、彼は網走《あばしり》の出身で父親やおじさんたちが国鉄で働いていたそうです。そのため、小学生になる前は、網走駅と北見《きたみ》駅のあいだを走る汽車はフリーパスで、日曜日や夏休みには兄弟で何往復もしていたというのです。

「大っぴらに言うと問題にされそうですけど、そういう子は全国各地にけっこういたんじゃないかなあ」

「なるほど」と答えたものの、わたし自身はそんな話は聞いたこともありませんでした。

「ぼくは、無理にその子をつれていこうとしているんじゃありませんよ。こう見えても仕事に行くんですから」

くったくのない笑顔で言うと、Sはかがんで鉄童と目を合わせました。

「なあ、ぼく。お兄ちゃんと一緒に汽車で長万部駅まで行ってみるかい？　ただし、抱っこはなしだ。そのかわり、お膝《ひざ》にのせて、窓から景色を見せてあげるよ」

鉄童は大喜びで、「ポッポ、ポッポ」と跳びはねました。

「どうしますか？　五分後に発車する北斗4号に乗るつもりなんですけど」

Sは、わたしと妻を交互に見て言いました。

「そういうことならお願いします。あなたのことは、うちのひとからも聞いて信頼していますけど、ただ長万部駅から東室蘭駅までの帰りが心配で……」

「では、長万部駅であの子を汽車に乗せたあとに、ぼくが鉄道電話から駅長に電話をしましょう。車掌にも、東室蘭駅の駅長に途中で一度連絡をするように伝えておきますよ。そうなると、特急よりも普通列車のほうがいいな。特急だと、車掌は検札にまわらなくちゃいけないから、どうしたって目が離れる。それに客室とのあいだに隔てがある。えーと、たしか長万部駅が始発の十二時四十一分っていうのがあったはずだぞ。となると、車掌はMなんじゃないかな」

Sは愉快なイタズラを思いついた子どものように話し、「いけない、もう行かなくちゃ」と言って、自分の机からカバンを取ってきました。

「よし、ぼく。さあ行こう。駅長、奥さん、行ってきます」

「ちょっと」と追いかけようとする妻の肩を、わたしは押さえました。

「大丈夫だよ。Sにまかせておきなさい」

東室蘭駅に到着する時刻がわかったら教えるからと約束して、わたしは妻を家に帰しました。

「今、乗せました。十二時四十一分発の普通列車の最後尾です。車掌は、本当にMでした」

Sからの電話を受けたときは、わたしもホッとしました。

「面倒をかけて悪かったね」

Ｓは午後からも打ち合わせがあるので、わたしは手短に礼を言いました。

「戻ったら詳しく話しますが、あの子は大したものですね。少しはぐずるかと思っていたのに、じつに静かに景色を見ていて。こっちの駅でも食堂のおばさんたちに大人気で、これはいいってことで、一時間ばかりあの子の相手をしてもらったんです」

こちらからもなにか言おうとする前に電話が切れて、Ｓの嬉しそうな声がわたしの耳に残りました。

妻に電話をすると、待ちかねていたように受話器を取り、到着時刻に合わせて駅にやってきました。

「もう心配で心配で、家事がちっとも手につかなかったわ」

大げさだと思いながらも、わたしも妻と一緒にホームに降りました。

時刻どおりに列車が到着して、最後尾のドアから鉄童が飛び出し、妻に抱きつきました。

車掌のＭが指差しで安全を確認してから、わたしに向かって敬礼をしました。

「悪かったね。おかしな用事をお願いして」

Mのことはよく知っていましたが、わたしは丁寧にお礼を言いました。「Sさんに子守りを頼まれたときは、ちょっとおどろきました。でも、とてもいい子なんで感心しました。自分が乗務するときは、また面倒を見ますので、いつでも言ってください」

敬礼をして列車に戻るMに、わたしも敬礼をかえしました。見ると、妻は鉄童を抱きしめていました。

「こんなに小さいのに、ひとりで旅ができるなんて、エラい子ねえ。きっと、とっても立派なひとになるわよ」

国鉄時代、列車は大らかな乗り物でした。鉄道の運行にかかわる職員たちも、気のいい連中が多かった。売店や駅弁屋のおばさんたちも含めて、みんなで長屋暮らしをしながら働いているような雰囲気がありました。いい加減なところもありましたが、手綱をうまく引き締めてやりさえすれば、みんなよく働いたものです。

大都市圏ではちがったかもしれませんが、わたしが主に勤務した北海道や東北では、駅は憩いの場所でした。今は水を飲むのにもお金がかかります。でも、ほんの二十年くらい前までは、近所のおばちゃんたちが漬物やお菓子を持ち寄って、待合室でおしゃべりを楽しんでいました。ローカル線の駅では、一時間に一本汽車が通るか通らないかだから、駅の職員がお茶をいれて、お相伴にあずかったりしたものです。

もちろん、冬は大変でした。夜通し雪かきをしたり、ポイントを凍りつかせないためにカンテラで温めたり。われわれは凍え死にしそうな目にあいながら、鉄道の運行を支えてきたのです。それが、国鉄を分割・民営化するという政府の方針のせいで、無残なまでに殺伐とした職場になってしまった……。

すみません、またしても脱線してしまいました。

鉄童のことを思い出すと、楽しかった国鉄時代のことがあとからあとからよみがえってきます。過ぎ去ってしまった時代を理想化している向きも多分にあるのでしょうが、わたしはあの時代に機関士や駅長をさせてもらって本当に良かった。

それにしても、鉄童はどんな大人になっているのでしょう。あんなに汽車と一体になっている子どもを、わたしはその後も見たことがありません。老い先短いわたしですし、妻もボケが進んでいますから、鉄童に会えなくてもいいのです。ただ、あの子にこのテープを聴いてほしい。それが、わたしの願いです。

ああ、そろそろテープが終わりだそうです。それでは、また明日。

満足し切った駅長の声が消えて、Ｖｏｌ．４のカセットテープが止まった。わたしは途中から流していた涙をぬぐった。

両親をとつぜん亡くしたものの、自分の幼年時代が祝福されたものであったことを知って、わたしは胸がふるえた。その一方で、こんなにもお世話になった駅長や駅長の奥さんについての記憶がないことに気づき、暗澹《あんたん》たる思いにも襲われていた。

わたしを駅長たちのもとから引き離した「あるアクシデント」とは、いったいどんな出来事だったのか？

＊

わたしはここまでで、カセットテープを聴くのをやめてしまいたかった。せめて、つづきは明日にしようと思ったが、ベッドサイドの時計に目をやると、まだ午後九時すぎだった。

「三、四時間は経ってると思ってたけどな」

独り言をつぶやき、わたしはＶｏｌ．４のカセットテープを取り出して、Ｖｏｌ．５のテープを再生した。

第九話「鉄童の旅」はつづく

去年の七月に自分の過去を知ってから、わたしは六本のカセットテープを何回再生させたかわからなかった。わたしは暇を見つけてはカセットテープをウォークマンにセットし、テープ起こしに励んだ。テープ起こしが終わったあとも、東室蘭駅の元駅長の声を聞きたくて、くりかえし聴いた。

二週間もすると、ヘッドホンを耳に当てていなくても、頭のなかに元駅長の声が響くようになった。

出張先のビジネスホテルで、ベッドに寝ころびながら、Ｖｏｌ．１のＡ面からＶｏｌ．６のＢ面までの全部を頭のなかで再生させたこともある。そのたびに、わたしは最後には感極まり、「そうか、そうだったのか」とつぶやいた。

土岐田さんと二月十日に会う約束をして、博多から大阪へ戻る新幹線の車中でも、わたしは頭のなかで六本のカセットテープを再生させた。

わたしはいつにも増して深い悲しみにおそわれて、「そうか、そうだったのか」と小声でつぶやいた。となりの乗客に気づかれないように、窓に額を当てて、ハンカチで涙をふいていると、携帯電話に土岐田さんからメールが届いた。

〈DD13君へ　体調不良につき、明日の約束は無期延期にされたし。出産祝いは、いずれ郵送します。BTなは〉

すぐに返信して、快復を祈っている旨を伝えたが、土岐田さんから再度のメールは来なかった。その後に何度メールを送っても応答はなく、悩んだ末にわたしは土岐田さんに宛ててレターパックを送った。

宛先人不明で送り返されてこなかったところをみると、レターパックは土岐田さんの手元に届いたのだろう。ただし、土岐田さんからはなんの連絡もないままだった。

季節は移って三月もなかばとなり、友紀子の出産予定日まであと二週間ほどになった。

わたしは相変わらず出張つづきだった。とんぼ返りでの出張が多く、今回は昨日の朝一番の新幹線で新大阪駅を発ち、東京メトロ有楽町線和光市駅の検車区で、地下鉄一編成十両を明け方近くまでかかって検査した。その後は、乗務員の待機室で仮眠をさせてもらい、午前九時発の新幹線で大阪に戻るという強行軍だった。

あまりに疲れていたので、わたしはJR京橋駅前からタクシーを使った。アパートまでは一キロほどだが、商店街を歩く体力は残っていなかった。

鍵を開けて部屋に入ると、テーブルのうえに友紀子の手になる便箋と、土岐田さんからのレターパックがおいてあった。

〈おかえりなさい。お疲れさまでした。郵便は昨日の夕方に届いたものです。今日は、お姉ちゃん一家も来ているので、夕飯は実家でみんなで一緒に食べる予定です。午後七時ごろからかな。六時半に、モーニングコールならぬ、イブニングコールをするね。それまで、ゆっくり休んでください。友紀子〉

いたわりに溢れた手紙を読んで壁の時計に目をやると、午後一時をまわったところだった。奥の和室には布団が敷かれていて、わたしは妻の気配りに感謝した。

しかし、土岐田さんからの郵便も気になった。開封してみると、なかにはA４の用紙にプリントされた手紙と出産祝いが入っていた。レターパックでは現金を送ってはいけないのだが、そのあたりはいかにも土岐田さんらしかった。

〈DD13君。いや、もう、「鉄童君」と呼ばせてもらおう。ひと月前にきみからレターパックが送られてきたとき、ぼくは何事かとおどろいた。六甲山麓の別邸のことは、宇多や久保や富島には教えていなかったからね。ずっと以前、きみ宛ての郵便にここの住所を書いて投函していたことを思い出すまで、丸二日もかかった。

まあ、いい。ぼくがウソつきだってことは、宇多たちから聞いただろう。たしかに、ぼくはひどいウソつきだ。自分では、その場しのぎの出まかせを言っているだけのつもりなんだが、あの連中はぼくが意図的にウソをつきまくることによって、巧妙に目的を達成していると勘違いしている。

かれらを弁護しておけば、ぼくは自分がついたウソをひとつ残らずおぼえている。なぜなら、ひとつひとつのウソには、そのウソをついたときに感じた罪の意識がへばりついているからだ。そして、罪の意識ほど、記憶を鮮明にさせるものはない。受験勉強に応用したら、さぞかし成果が挙がるだろう。ただ、そうなると、東大合格者は途方もないうしろめたさを抱えたヤツらばかりになるわけで、それはあまりいいことではないと、ぼくだって思うよ。

例によって話が脱線してしまった。今のぼくには、時間が吐いて捨てるほどあるから、いくらでも無駄話をしていられる。文才があれば、水滸伝《すいこでん》の向こうを張って、豪傑や美女や悪漢たちがつぎからつぎへと登場し、現代の日本を舞台に暴れまわる伝奇小説を書きたいところだ。でも、悲しいかな、ぼくには創作の才能がない。あるのは、とっさの出まかせによって、その場を活性化させる能力だ。これにはちょっと自信がある。なにしろ、その力だけで、「鉄道の友」を十五年以上も発行してきたわけだからね。〉

手紙のなかの土岐田さんは、元気だったころのように陽気で冗舌だった。プリンターで印刷されたA4サイズの用紙を数えると、全部で十五枚もあった。読むのはひと苦労だが、これだけ書けるのなら病気は大したことがないのだろう。

〈そうそう、ひとつ断わっておくと、この手紙は口述筆記で書いている。今のぼくには、椅子にすわってパソコンのキーボードを叩くだけの体力がない。〉

安心したところに思わぬ一撃を喰《く》わされて、わたしは息を飲んだ。

〈東室蘭駅の元駅長にならい、ボイスレコーダーに吹き込もうかとも考えたけれど、幸い才色兼備の助手がいるので、彼女の手をわずらわせている。彼女のことは、好きなように想像してくれたまえ。糟糠《そうこう》の妻か、それとも派遣会社経由で雇ったアルバイトか、はたまた長い年月を付かず離れずでやってきた恋人なのか。ああ、腹違いの妹というのも、甘美でいいね。

ペンで書いていれば、ここで彼女の筆跡が乱れたはずだ。ところが、パソコンでは入力ミスがあっても打ち直してしまえばその痕跡が残らない。まったく、文明の利器のおかげで、手紙までもが味気ないものになってしまった。

大丈夫、ぼくはそう簡単にくたばりはしない。二月十日に会いに来てもらう約束を前日になってキャンセルして、そのうえ無期延期と意味深な言葉までつけたのだから、よほど体調が悪いのではと心配されるのは当然だ。

でも、ぼくは入院もせず、きみが送ってくれた長い長いテープ起こしの原稿を読み通した。「鉄童日誌」のコピーも読んだ。付録としてきみが書いた、二月書房の福士百合子さんに会ったくだりと、歌手の高柳ユージの実家を訪ねた晩のこともよく書けていた。本当に面白かった。〉

二枚目の途中までを読むと、わたしは土岐田さんからの手紙を枕元においた。手紙のつづきを読みたかったが、目をつむるとそのまま眠りに引き込まれた。

「おとうさん、六時半やで。もう準備ができてるけど、こっちに来られる？」

寝ぼけたまま耳に当てた携帯電話から、友紀子の声が聞こえた。

「わかった。着替えをして、そっちに向かうよ」

四月一日が出産予定日なので、三月に入ってから、友紀子は実家で暮らしていた。わたしは出張つづきでめったに大阪にいられなかったし、大阪にいればいたで、食事の支度や片付けで、身重の妻に負担をかけてしまう。それに、赤ん坊が生まれたあとは、どうしたって実家の世話になるのだからと、友紀子も納得していた。

予定日まで二週間を切り、友紀子のおなかはパンパンにふくらんでいた。この時期になると、赤ん坊はあまり動かなくなるそうで、たしかに以前のように伸びをしたり、足で蹴《け》ったりもしなかった。産科の医師によれば母子ともに健康で、予定日の前後に生まれるはずだという。

「でもな、あの藪医者の言うことやろ。うちは、今ひとつ信用でけへんねん」

友紀子が本気で医師を疑っているのかどうかは疑わしかったが、立ち会い出産をすることになっていたので、わたしは四月一日の前後一週間は大阪勤務にしてもらえるように上司に願い出ていた。

わたしは布団から起きあがると洗面所で顔を洗い、トレーナーとジーンズに着替えてアパートを出た。

夕方の商店街は買い物客でにぎわっていた。立ち飲み屋の暖簾《のれん》の奥にはコップ酒を傾けるおじさんたちがいて、串揚《くしあ》げや焼き鳥の匂いがただよってきた。

東京から大阪に戻るといつも思うことだが、大阪のひとたちは自分を飾らない。ひとも街もとっつきやすくて、昭和の雰囲気が色濃く残っている。

大阪は大阪であればいい。旧国鉄時代に造られた103系や201系の通勤電車が似合う街なのだから、東京の向こうを張って、二十一世紀の日本をリードしようなどと無理をしなくてもいいのではないだろうか。

わたしは都島の商店街を通り抜けて京橋駅まで出た。そこから左に折れて歩くうちに、友紀子の実家であるガラス工場が見えてきた。午後七時が近く、工場のシャッターは下ろされていたが、ほんのりした余熱が一帯を暖かくしていた。

友紀子によると、十年ほど前までは、工務店や鋳物工場や瀬戸物屋といった町工場が軒を連ねていたという。しかし、円高不況の荒波を受けて、一軒また一軒と店を閉めてしまった。そうしたなか、友紀子の父親は炉の火を消さずに、コップや皿や風鈴といったガラス製の日用品を作りつづけてきた。わたしが友紀子と知り合ったころは、本当に細々とつづけているという感じだった。

風向きが変わったのは、三年前にＮＨＫの番組で取り上げられてからだ。今どきめずらしい町工場として紹介されると、テレビを見たひとたちが買い物に押しよせた。おかげで息を吹き返し、近隣の小学校の児童が社会科見学に訪れたり、中学生や高校生が職業体験をするようにもなって、倒産寸前だったガラス工場はにわかに活気づいた。インターネット上のホームページも好評で、今では日本全国から注文が来る。友紀子の姉の夫も熱心に働いていて、それでも注文をこなしきれないほどだった。

「おとうさん」

うえから呼ばれて顔を向けると、友紀子が二階の窓から手をふっていた。

「おい、危ないよ」

わたしが心配すると、姪《めい》っ子たちも顔を覗かせた。

「電車のおじちゃん、いらっしゃい」

「やあ、久しぶりだね」

そうこたえた拍子に、わたしはお土産を買ってこなかったことに気がついた。一階は作業場なので、わたしは靴のまま階段を上り、二階にある玄関で迎えてくれたおかあさんにあやまった。

「ええのよ、そんなこと。それにしても、JRはひとづかいが荒すぎるわ。朝子ちゃんがいてくれたら、少しは加減してもらうのに」

わたしと友紀子を引き合わせてくれた増井さんは、昨年の夏に結婚してJR西日本を退職していた。

「忙しいのは、頼りにされてる証拠や。さあ、入って入って」

おとうさんにうながされて居間に入ったとたん、クラッカーが炸裂した。

「誕生日、おめでとう！　本当はあさってだけど、おめでとう！」

友紀子の大声につづいて、お姉さんや姪っ子たちからも、「誕生日、おめでとう」の声がかかった。

たしかに、あさっての三月十七日は、わたしの三十六回目の誕生日だ。ただ、あまりの忙しさと、出産を心配していたのとで、まるで忘れていた。

「ほら、見て」

テーブルのうえには、ローソクの火が光るバースデーケーキがあった。

「ちょっと早いけどな、せっかくやから、みんなでお祝いしようって考えたんや。はい、プレゼント」

大きな紙包みの中身は、オリーブ色のジャケットだった。

「ほら、着てみて。絶対に似合うで」

友紀子に言われてわたしがジャケットに袖を通すと、「あら、すてき」とお姉さんが褒めてくれた。

「お姉ちゃん。うちより先に言うたらアカンやん」

友紀子が注意したそばから、おかあさんもさかんにわたしを褒めてきた。

「こりゃあ大変や。友紀子が赤ん坊にかまけてたら、悪い女に盗られてしまう」

「おかあちゃん、子どもたちがいるのに、なに言うてんの」

「ほら、歌や歌。ぐずぐずしてたら、ロウソクがとけてしまうて」

友紀子に叱られたおかあさんが手拍子を始めて、「ハッピーバースデー　トゥーユー」と、みんなの歌声が部屋に響いた。

わたしがロウソクを吹き消すと、みんなが拍手をしてくれた。こんなに大勢から誕生日を祝ってもらうのは生まれて初めてだった。

「今日は、本当にありがとうございました。このところ、ずっと忙しくしていて、明日からも五日間、博多に出張します。でも、博多から戻りましたら、二週間は大阪におりますので……」

お礼の言葉を話しているうちに気持ちが高ぶり、わたしは涙をこらえきれなくなった。姪っ子たちが心配顔になって、わたしはなんとか気持ちを取り直した。

「ごめんなさい。ぼくは家族を知らずに育ってきたから、自分の子どもが生まれるのが、本当に嬉しい。それに、こうして、ぼくまで誕生日を祝ってもらえるなんて……」

「おとうさん」

すがりついてきた友紀子の目からも涙がこぼれて、わたしはおなかの大きな妻を抱き寄せた。

八時すぎにおいとまして、ひとりでアパートに戻る道すがら、わたしの耳には東室蘭駅の元駅長の声が聞こえていた。それは、Vol.6のカセットテープの最後に吹き込まれていた言葉だった。

「わたしは無責任でした。いくらあの子がふたたび記憶喪失に陥ったからといって、遠い茅ヶ崎にある児童養護施設にあずけてしまったのですから。その後、一年も経たずに国鉄の分割・民営化問題が持ちあがり、駅長だったわたしは組合からのつきあげを連日受けて、対応に翻弄されるようになりました。そして、それを言いわけにして、鉄童のことをほったらかしにしてしまったのです。

そんなわたしがこんなふうに言うのが図々《ずうずう》しいことは重々わかっています。でも、あの子はきっと不幸にはなっていないと思うのです。その理由は、これまで話してきたことからおわかりいただけると思います。

汽車に乗っている鉄童の姿を見たひとは誰でも、顔をほころばせました。四、五歳の年端のいかない子どもが、たったひとりでいつまでも汽車に乗っているのだか

ら、気づいたひとはどうしたって心配してしまう。でも、やがて、心配しなくても
いいとわかってくる。そして、あの子と一緒に汽車に乗っているのが、なんとも楽
しくなってくるのです。

それがわたしたち夫婦だけの感想でないことは、これまで長々とお話ししてきた
とおりです。

大きくなったあの子は、きっと鉄道に関わる仕事についているはずです。そして、
あの子のまわりにいるひとたちに幸せをもたらしているにちがいありません」

わたしはアパートに戻り、土岐田さんからの手紙のつづきを読み出した。すると、
まるで申し合わせたように、こう書かれていた。

〈あれはもう二十年ほど前になるわけだが、「鉄道の友社」に送られてきたきみか
らの葉書を読むたびに、こいつはただ者じゃないと、ぼくは恐れをなしたものだ。
最初のころは、まだ中学生だったから、てにをはも怪しいし、文章にも稚拙なとこ
ろがあった。でも、きみの手紙からは、鉄道への自然な興味と愛情が伝わってきて、
毎回感心させられた。

茅ケ崎駅を通過する貨物列車がどこからきたのかを発見した葉書のことはよくお
ぼえている。日本列島の大動脈・東海道本線だからね。全国各地の貨物駅を出発し

た貨物列車が通っていくわけだが、貨車の表示から山口の小野田《おのだ》駅の常備貨車だと知ったときのおどろきと喜びが、実に素直にあらわれていて、読んでいたぼくまで嬉しくなった。

それから、たまたま乗った485系の臨時列車が所属している車両基地がどこかを推理していく話もおぼえている。見たことのない車体の所属表示におどろいたきみは、それでも必ず突き止められるはずだと考えに考えて、洗面所に行くことを思いついた。列車の洗面所付近には、消毒を受け持った電車区名が記されているからだ。そして、ついに、今乗っている485系は新潟の上沼垂《かみぬったり》運転区の485系だとわかり、きみは感激にうちふるえた。読んでいたぼくまで、きみの洞察力に思わずガッツポーズを取ってしまった。

編集者として、ライターたちによく言っていたのは、自分の文章に読者を惹き込めということだ。でも、これが難しい。書き手ばかりが感動しまくって、読者はそっちのけというのは最悪だからね。そんなハメに陥るよりは、とりあえず正確に情報を伝えてくれればいいと、こっちもつい妥協してしまう。まったく、言うは易く、行うは難しだ。そこで、お手本として、ぼくはきみからの葉書をライターたちに読ませた。中学生にお株を奪われて、みんなガックリしていたよ。

きみを持ちあげすぎだろうか？　でも、本当だよ。どんなふうに鉄道とつきあえば、こんな中学生ができあがるのか、ぼくはずいぶん考えたものだ。とくに、頭でっかちなところが微塵《みじん》もないのに、いつも感心させられた。編集部に送られてくる読者からの葉書のほとんどは、それこそ重箱の隅をつつくようなあら探しと、自慢話ばかりだからね。癪に障るんで、見せしめのために雑誌の巻末に載せていたから、きみも覚えているだろう。まったく、他人のミスをあげつらうことで、自分の優位を誇ろうとする精神ほど醜いものはない。

ところが、きみは自分の経験だけを書いてくる。それも、めずらしい電車や、引退する列車に乗ろうとするでもなく、毎日目にしている東海道線や相模線で起きたことを平気で書いてくる。それが読み手を感動させるんだから、ぼくはまったく面食らった。

「自分のユニークさを気にも留めていない個性」

そんな言葉を思いついて、嫉妬《しっと》に駆られたりもした。でも、ぼくだって、雑誌「鉄道の友」の編集長兼発行人としての意地があるからね。そう簡単に兜《かぶと》を脱ぐわけにいかない。あのころに出した雑誌は、どの号も思い切り気合が入っていたはずだ。

やがてきみは高校生になり、ぼくは覚悟を決めて手紙を書いた。今はなき交通博物館できみに初めて会って、ぼくは自分の予感が間違っていなかったことを知った。「撮り鉄」「音鉄」といった「鉄道マニア」たちは、鉄道を細分化することで、さも鉄道を所有したかのような気になっている。対する「乗り鉄」は、列車に乗るという行為自体に喜びを感じているわけだが、鉄道はなによりもまず人々の移動手段であり、物資の運搬手段だと、ぼくは思っている。

その意味では、通勤客こそが、最も切実に鉄道と関わっているわけだ。もしくは、一日に数本しか来ない列車を命綱にして暮らしているローカル線沿線の住民たちこそが鉄道の乗客なのだと、ぼくは思う。だから、「鉄道の友」編集部のモットーは、《自分たちを通勤客よりもエライと思うな！》だった。

だからといって、漫然と電車に揺られているサラリーマンを肯定しようと言うんじゃないよ。しかし、マニアックな好奇心にこたえるよりは、朝夕満員電車に押し込められている通勤客の疲労に寄りそった鉄道雑誌にしたい。さらには、鉄道会社に勤めるひとたちや、鉄道に関わる仕事についているひとたちにとって役に立つ雑誌にしたいと、ぼくは願ってきた。

ぼくは、「鉄童」と呼ばれていたころのきみに会っていない。もしも同じ車両に乗っていたら、絶対に気づいていたはずだ。でも、「鉄童」の行動範囲は、主に北海道内と東北地方だったたから、そのころ関西で大学生をやっていたぼくとは接点がなかった。実に残念だ。二月書房の福士百合子さんや、歌手の高柳ユージが心底うらやましい。

《この子どもが「鉄童」です。ひとりで列車の旅をしています。国鉄職員の方々は、どうぞ便宜を図ってやってください。また、この子が乗車していた路線を東室蘭駅駅長までお知らせください。》

そんな手紙をポケットに入れただけで、気の向くまま列車に乗りつづけるなんて贅沢があるだろうか！

いくらぼくでも、きみがそんなふうに鉄道とつきあってきたとは想像もできなかった。それはそうだ。なにしろ、きみ自身だって去年の七月に知ったばかりなんだからね。

東室蘭駅の元駅長の話で、ぼくがとくに面白く思ったのは、「鉄童」が「福の神」だと思われていたというくだりだ。〉

そこから先を、土岐田さんはかいつまんで書いていたので、わたしは頭のなかでVol．5のカセットテープのB面とVol．6のA面を再生させた。

東室蘭駅の元駅長によれば、両親を鉄道事故で失ったわたしは、ひと月もするとひとりで汽車に乗るようになった。駅長の奥さんが作ってくれたお弁当をリュックに入れて、水筒をたすきにかけて、午前九時ごろに東室蘭駅を出発する。車掌の目が届くように、必ず最後尾の車両に乗るという約束で、日がな一日汽車に揺られて、午後四時ごろに東室蘭駅に戻ってくる。丸一日汽車に乗るのは週に二回までで、家にいる日は駅長の奥さんが相手をしてくれた。

言葉はほとんど話さないのに、わたしは時刻表が読めた。駅長が読み方を教えると、それでおおよそのことをおぼえてしまったという。あとは飽きずに、大判の分厚い時刻表を何時間でも眺めている。もっとも、そうでなければ、四歳の子どもがひとりであちこち行けるわけがない。

三月十七日に東室蘭駅で起きた夫婦の死亡事故は、マスコミで大きく取り上げられたこともあり、北海道内の国鉄職員たちの記憶に深く刻まれていたのだろう。そのときの遺児だということで、わたしは運転士や車掌から親切にされた。もちろん、東室蘭駅の駅長が各方面に連絡して、便宜を図るように頼んでくれたからこそ、四歳の子どものひとり旅が可能になったわけだ。

ところが、八月のある日、わたしは日が暮れても東室蘭駅に戻ってこなかった。

駅長や駅長の奥さん、それに駅員たちや売店のおばさんまでもが心配していると、士別《しべつ》駅から連絡があり、「鉄童」を保護しているという。わたしはいつも乗っている室蘭本線や千歳線に飽き足らず、宗谷《そうや》本線で道北方面に向かったらしい。そのうち夜になってしまい、わたしは車掌さんにポケットに入れていた手紙を見せたというわけだ。

駅長同士が電話で相談した結果、わたしは士別駅の駅長の家に泊めてもらうことになった。それが初めての「外泊」だった。

翌朝、わたしは士別駅から札幌行きの急行列車に乗せられた。札幌駅には東室蘭駅の駅長の奥さんが迎えに来てくれた。わたしはさすがに疲れ果てており、その晩三十九度の高熱を発したという。

その後はしばらく汽車に乗る元気もなく、わたしは駅長の家で時刻表を読んでいた。すると、二ヵ月後に士別駅の駅長からラム肉が贈られてきた。手紙が同封されていて、娘が懐妊したという。

二十五年前の、それもよその家のことなのに、そのくだりを語る元駅長の声は弾んでいた。

「士別の駅長は機関士時代の後輩でもあり、わたしはすぐにお祝いの電話をしました。娘さんは結婚十年目での懐妊で、それも初孫とあって、手放しで喜んでいるのです。そして、赤ちゃんができたのは、鉄童が実家に来ていた娘さんのおなかをなぜたからだというのです。もちろん、士別の駅長だって、それは偶然だとわかっていたでしょう。

なにはともあれ、おめでたなので、わたしはラム肉のお礼を言って電話を切りました。ラム肉はジンギスカン鍋にしていただきました。奮発したらしく、とてもいい肉で、鉄童もたくさん食べて、おかげで元気を取り戻しました。しかし、不思議なことはそれだけではなかったのです」

遠出の楽しさに目ざめたわたしは、元気になると「外泊」をくりかえした。そのころの記憶はないので、どうしてそんな図々しいまねができたのかは不明だが、わたしは時刻表を頼りに列車を乗り継ぎ、めいっぱい遠くまで行ってしまう。すると、日が暮れたころに車掌がわたしに声をかけてきて、最寄りの駅で駅員に引きわたしてくれるというわけだ。

網走駅や稚内《わっかない》駅、それに留萌《るもい》駅や富良野《ふらの》駅で、わたしは駅長や助役の家に泊めてもらった。すると、網走では寝たきりだったおばあさんが元気になり、稚内では長年不和だった嫁と姑が仲直りをした。留萌では、士別と同じく駅長の娘さんが懐妊して、富良野では助役の息子さんの結婚が決まったという。

「まるでお伽話《とぎばなし》のようですが、事実なのです。どの家も喜びに沸いて、鉄童を泊めたおかげで福が来たと吹聴《ふいちょう》してまわった。噂はすぐに広まり、つぎはうちに泊めたいから、鉄童をこっちに向かう汽車に乗せてくれといった電話までかかってくるようになりました。同じ国鉄マンとして、仲間の願いを叶えてやりたいのは山々です。それに、あの子にはたしかに『福の神』と呼びたくなるような愛くるしさと利発さがありました。

　ただ、泊めてもらった家に幸福が訪れるなんて偶然がいつまでもつづくとは思えません。反対に、せっかく泊めてやったのにいいことはひとつも起きなかったという噂が立ったら、鉄童がかわいそうです。そこで、妻やSとも相談して、これまでどおり鉄童が乗りたいように汽車に乗せることにしました」

　しかし、なかには「性悪爺《しょうわるじい》さん」のような駅長もいたという。

　函館本線の小さな駅の駅長が、鈍行列車で東室蘭駅に戻ろうとしていたわたしに声をかけて、ホームに降ろした。乗務していた車掌には、東室蘭駅の駅長には話を通してあるとウソを言った。

　その駅長は身持ちのよくないひとで、あちこちに借金があり、奥さんも不摂生がたたって床に伏していた。薬を飲んだり、温泉に湯治に行っても病が治らない。そんなところに「鉄童」の噂を聞き、ただでもあるし、ひとつご利益にあずかってやれと考えたのだろう。

ところが、わたしは駅長の家のそばまで行くと大泣きに泣いて、一歩も動かなくなった。あわてた駅長はわたしの口をふさぎ、抱きかかえて自分の家につれ込んだ。

「さあ、うちの女房の腰をなでてくれ。そうしたら、すぐにまた汽車に乗せて、東室蘭駅に帰してやるから」

駅長が下手に出て頼んでも、わたしは泣きじゃくるばかりだった。腹にすえかねた奥さんが駅長をなじり、面目を潰された駅長がわたしを叩こうとしたところに近所のおばさんが飛び込んできた。

「よその子に、なにしてんだい。警察を呼ぶよ！」

そのまま家の外につれ出してくれて、わたしは辛くも窮地を脱した。「性悪爺さん」は駅長の職を解かれて、国鉄をクビになった。同じような事件はほかにも二件あり、いずれのときもわたしは酷い目にあうのをまぬかれた。おかげで、鉄童は「性悪爺さん」を見破ると、「福の神」の噂に尾鰭《おひれ》がついた。

冬のあいだ、北海道内の鉄道は降雪の影響でしばしば運行停止になる。わたしは

「外泊」を禁じられて、仕方なく東室蘭駅に隣接する操車場に行っては、飽きずに機関車や貨車を眺めていた。一般のひとの立ち入りは禁止されているのだが、職員の誰彼がわたしの面倒を見てくれたという。

長かった冬が終わり、春がきた。五歳になったわたしは特急列車の自由席に乗ることを許されて、行動範囲が格段に広がった。やがて北海道内だけでは飽き足らず、函館港から青函連絡船に乗って本州に渡るようになった。つまり、羊蹄丸で福士百合子さんに会った十月半ばには、わたしはすでに青函連絡船の常連客になっていたわけだ。

東室蘭駅の元駅長の奥さんは青森市の出身で、お兄さんが青森市役所に勤めていた。連絡船で津軽海峡を渡ると、わたしは青森駅からほど近いお宅でひと休みさせてもらう。それから弘前駅や深浦《ふかうら》駅や野辺地《のへじ》駅まで列車で往復して、再び青函連絡船に乗り、北海道に戻っていった。

月に一度か二度、北海道から訪れる「福の神」のことは、青函連絡船の乗組員を通して本州の国鉄職員たちにも広まった。国鉄の工事関係者や関連の工務店にも伝わっていたため、百合子さんの家族は未婚の娘がつれてきた見知らぬ男の子を歓迎してくれたというわけだ。

そして、百合子さんの実家にも幸せが訪れた。激減していた仕事がふたたび入り始めたうえに、お兄さん夫婦には男女の双子が誕生した。百合子さん自身も心機一転、編集者の道へと進んでいった。

六本のカセットテープと一緒に送られてきた「鉄童日誌」は、東室蘭駅の元駅長がつけていた「鉄童」の旅の記録だ。何時発の列車でどこに向かい、何時に東室蘭駅に戻ってきたのかが克明に記されていた。

「鉄童日誌」によれば、百合子さんと出会ったあと、わたしは夜行の急行津軽で上野駅に向かっている。そして、山手線を一周して、急行八甲田で青森に戻り、無事に東室蘭駅に帰ってきた。

小学校にあがる前に、全行程四日の旅行をしていたとはおどろきだが、線路で結ばれた場所なら、どんな遠くに行くのも怖くなかったのだろう。もちろん、セキュリティーも万全で、「鉄童がそちらに行く」との連絡が東室蘭駅の駅長から主だった駅の駅長に伝えられた。わたしが乗る汽車の車掌にも事前に連絡があり、無事に乗車したことが東室蘭駅に随時報告されていたという。

しかし、十二月十日に中央線快速電車で歌手の高柳ユージに目撃されたときが、「鉄童」にとって最後の旅になった。

オレンジ色の車体の201系にたっぷり乗ったあと、わたしは東京駅から東海道線に乗った。茅ケ崎駅の駅長が東室蘭駅の駅長の友人で、その晩わたしを自宅に泊めてくれることになっていたからだ。

翌朝、通勤ラッシュがひと息ついた午前十時に、わたしは茅ケ崎駅で上りの東海道線を待っていた。いつものように最後尾の車両に乗ろうとしてホームの平塚駅寄りに立っていると、向かいの四番線を下りの特急踊り子号が通過するというアナウンスがあった。やがて轟音《ごうおん》が鳴り響き、「伊豆の踊り子」をイメージしたヘッドマークをつけた185系が猛スピードでホームに入ってきた。

わたしは電車を近くで見ようと、四番線のほうに移動した。すると、ホームに立っていた男性が列車に飛び込んだ。

「鉄童日誌」に記された茅ケ崎駅駅長の証言によれば、自殺を図った男性は先頭車両に弾き飛ばされて、わたしにぶつかりそうになった。わたしはかろうじて男性をよけたものの転倒し、ホームに頭を打ったという。

わたしは気を失い、すぐに救急車で病院に運ばれた。目立った外傷はなかったが、わたしはふたたび記憶を喪失していた。

数日後、東室蘭駅の駅長夫妻が見舞いにやってきても、わたしはなんの反応も示さなかったという。駅長の奥さんはショックのあまり泣き崩れて、室蘭に帰ってから、しばらくは家の外に出なかった。

退院すると、わたしは香川児童園にあずけられた。環境が激変したにもかかわらず、わたしはすぐに新しい生活に慣れた。その理由は、児童養護施設が相模線の線路脇にあったからではないかと、東室蘭駅の元駅長は「鉄童日誌」の最後に書いていた。

わたしがふたたび記憶喪失になったことについて、土岐田さんはわたしに宛てた手紙のなかでつぎのように書いていた。

〈両親を亡くした東室蘭駅での事故は、きみにとって間違いなく悲劇だった。しかし、茅ケ崎駅で起きた飛び込み自殺の巻きぞえによる記憶喪失は、悲劇と捉えなくてもいいのではないかとぼくは思っている。

きみはふたたび記憶を失い、茅ヶ崎の児童養護施設にあずけられた。でも、それは「鉄童」という特異な存在から脱け出すのには丁度いいきっかけだったと言ったら、きみは怒るだろうか？〉

電気を消して、布団に寝ころんだわたしの頭のなかで、土岐田さんの言葉がくりかえし響いた。

翌朝八時に、わたしは友紀子と京橋駅前で待ち合わせて新大阪駅に向かった。無理をしなくていいと言ったのに、友紀子はどうしても見送りがしたいのだという。

新大阪駅の博多方面に向かう新幹線ホームは混み合っていて、最後尾の指定席車両の乗車口にも列ができていた。わたしが右手に提げているのは、友紀子が昼ご飯用に作ってくれたお弁当だった。

「そろそろ来るから、うしろに下がっていたほうがいいよ」

まじめに注意しても、友紀子はわたしのそばを離れなかった。

「ほら、こんなところで産気づいたりしたら大変じゃないか」

「大丈夫、おとうさんが大阪に帰ってくるまでは産めへんから。それより、よく食べて、ちゃんと寝てな」

昨日の夜、アパートに戻ったあと、わたしは土岐田さんからの手紙を三度読み返した。おかげで、なかなか興奮がおさまらず、うつらうつらするうちに朝がきた。そのため、友紀子には、わたしが疲れているように見えたのだろう。

「わかった。とにかく、元気で大阪に戻ってくるよ」

笑顔で言って、わたしはホームに到着したN700系新幹線のぞみ号に乗り込んだ。座席に着き、窓越しに友紀子と目が合ったと思ったときには新幹線が走り出していた。

足元のバッグには、土岐田さんからの手紙が入っていた。網棚に上げてもいいが、万が一にも盗まれたくない。わたしは両脚でバッグをはさむようにして目をつむった。

浅い眠りのなかで、わたしはいくつもの夢を見た。ひとつ夢を見ては目をさまし、目をつむれば次の夢が始まった。

隣のシートでは、若い女性がスマートフォンを操作していた。メールボックスを整頓しているようで、わたしも返信しなければならないメールが溜まっていた。

かなりの数の夢を見たはずなのに、博多駅に降りたときにおぼえていたのは二つだけだった。

友紀子から妊娠を告げられる夢と、函館駅のホームで札幌行きの特急スーパー北斗に乗ろうかどうか迷う夢で、どちらも実際に起きた出来事だったが、夢と現実は微妙にちがっていた。

妊娠を告げられた日は吹田工場での勤務で、めずらしく定時の午後五時半に退社できた。九月の末で、吹田駅のホームに立つと夕方の風が涼しかった。

大阪環状線を走る103系の車内から、わたしは友紀子に宛ててメールを打った。帰りに買うものがあれば教えてほしいという、いつもの内容だった。

〈ノンアルコール・ビールを買うてきて。メーカーはまかせます。それから、機嫌よう帰ってきてな。〉

京橋駅のホームに降りたところで返信が届き、関西弁丸出しのメールがおかしくて、わたしは頬をゆるませた。ただし、友紀子はノンアルコール・ビールなんて飲んだことがない。

わたしも友紀子もビール一杯で赤くなるという安あがりな体質で、そのわりに居酒屋が好きときている。つきあい始めたころは、よく串揚げやお好み焼きを食べ歩いた。ビールの中ビンを二人で分けて、店を出てほろ酔い気分で歩くうちに酔いが醒めてきたところでつぎの店に入る。

「うちはな、酔っ払いは嫌いやけど、お酒なしでご飯ていうのも、いややねん」

そんな友紀子が、どうしてノンアルコール・ビールを買ってこいなどと言うのか？

「わかった。子どもができたんだ！」

とっさの思いつきが、おそらく当たっていることにおどろき、わたしは足がすくんだ。

自分の両親が亡くなった顚末《てんまつ》を知ってからというもの、それを友紀子に話すべきかどうか、わたしは迷いつづけていた。なにより、両親を鉄道事故で亡くしておきながら、鉄道を愛してやまない自分をどう理解すればいいのかがわからなかった。こんな自信のない状態で、父親になっていいのだろうか？

夢のなかで、わたしは京橋の商店街で動けなくなってしまう。上半身は動かせるが、足は根が生えたようにまったく動かない。金縛りになっている商店街のおばさんたちに気づかれたくなくて、わたしは携帯電話をいじったり、誰かを待っているふうを装う。そのうちに尿意をもよおし、我慢しきれなくなったところで目がさめた。

現実では、あまりに動揺したために、わたしはノンアルコール・ビールを買うのをすっかり忘れてしまった。それでも、友紀子は笑顔でわたしを迎えてくれた。

「おとうさん。春がきたら、ほんまのおとうさんになるんやで」

友紀子によると、わたしはこれ以上なく強張《こわば》った顔で頷いたという。

函館港に展示されている青函連絡船・摩周丸を見学に行ったのは、それから二週間後のことだった。タイミングよく仙台への出張が入ったので、わたしは友紀子に内緒で会社から一日よけいに休みをもらい、青函トンネルを通り抜けて北海道に渡った。しかし、摩周丸に乗ってみても、幼いころのことはなにひとつ思い出せなかった。

本当に記憶をよみがえらせたいのなら、東室蘭駅に行けばいい。それはわかっていたが、わたしは十五分後に発車する特急スーパー北斗に乗るべきかどうか、函館駅のホームで悩みつづけた。

夢では、わたしは意を決して列車に乗り込む。ところが、わたしが乗ったのは長万部から小樽を経由して札幌に向かう特急北海《ほっかい》だった。

「どうして北海がまだ走ってるんだ？　とっくに廃止されたはずなのに」

初めは動揺していたが、わたしはキハ82系気動車の車窓から「山線」の景色を楽しみ、東室蘭駅に行くという当初の目的を忘れてしまう。

現実でも、わたしは東室蘭駅に行かなかった。一番の理由は、東室蘭駅の元駅長夫妻がすでに亡くなっていたからだ。

カセットテープを吹き込んだのが五年前なので、その当時七十九歳だった元駅長の寿命が尽きたのは不思議ではなかった。介護施設に入所していた奥さんが肺炎で亡くなると、それから半年後に元駅長もインフルエンザが原因で肺炎を発症して亡くなったという。

そのことをわたしに教えてくれたのは、カセットテープの吹き込みを手伝った介護福祉士の男性だった。連絡をするのはためらわれたが、ほかに手段を思いつかなかったので、わたしは元駅長の手紙に記されていた番号に電話をかけた。

雑誌「鉄道の友」編集部の富島さんになりすまし、わたしは五年間も返事を送れなかったことを謝罪した。

「今さらあやまられてもねえ。そりゃあ、苦労してカセットテープを作ったのに梨のつぶてなんだから、駅長さんもさぞかし悔しかっただろうし、ぼくだって腹が立ちましたよ。でも、駅長さんはあの話を語り残したことで心置きなく逝けたわけだし、そもそも夢物語みたいな話だったしね」

去年から施設長になったという男性は忙しそうで、わたしはひたすら低姿勢を貫き、駅長夫妻が亡くなった経緯を聞いた。

自分の過去を知った翌週のことで、その後は駅長夫妻への供養の意味も込めて、わたしは出張のたびに各地のビジネスホテルでテープ起こしに励んだ。

失われた記憶を取り戻したいと願いながらも、わたしは劇的なかたちで記憶がよみがえるのを恐れていた。しかし、子どもが生まれるとなれば話はちがってくる。

父親になるからには、自分がどんなふうに育ってきたのかを、しっかり摑んでおかなくてはならない。記憶がよみがえらなくても、せめて両親が亡くなったホームに献花して手を合わせてこよう。

そうした思いを抱いて函館に渡ったのに、わたしは東室蘭駅に行かなかった。その理由が自分でもよくわからないと、わたしはテープ起こしの原稿にそえた手紙で土岐田さんに打ち明けた。

〈ぼくは、きみの判断は正しかったと思う。きみは自分が恩知らずだったのではないかと反省しているが、そんなことはない。

ぼくは東室蘭駅の元駅長の声を聴いていない。でも、きみがテープ起こしをした原稿から察するに、とても良い声の持ち主だったのではないだろうか。

いい話をするひとは、例外なく良い声をしている。そして、「鉄童の旅」について語った六本のテープほどすばらしい内容のものを、ぼくは知らない。その語りを、「鉄童」であったきみ自身が聴いたんだ。これ以上の経験はないと、雑誌「鉄道の友」編集長の名に賭けて、ぼくは断言する。

きみには元駅長の語りで十分だった。わざわざ東室蘭駅まで行って、両親が亡くなったホームで手を合わせたところで、取り戻しようもない幼年時代への憧れがつのるのが関の山だ。今さら、そんなものにとらわれるよりも、生まれてくる赤ん坊と奥さんを大切にするほうがよほどいいと、きみ自身が無意識のうちに判断していたんだと、ぼくは思う。

電車が大好きだった少年が大人になり、鉄道に関わる仕事についている。しかも、そんなきみを理解してくれる奥さんがいる。これ以上の幸せはないよ。まったく、うらやましいかぎりだ。〉

博多駅前のビジネスホテルに泊まっていた四日間、わたしは毎晩土岐田さんからの手紙を読み返した。

これまでは自分ひとりで悩んでいたが、土岐田さんの助言がありがたかった。もっとも、土岐田さんも書いていたように、このタイミングでなければこれほど親身につきあってはくれなかっただろう。

五日後、博多総合車両所での仕事を終えて、大阪へ戻る新幹線のなかでも、わたしは土岐田さんからの手紙を読み返した。

〈鉄童君。きみは鉄道の申し子だ。もちろん、ぼくだって鉄道を愛している。不幸にして、きみの両親は鉄道事故で亡くなったが、飛行機や自動車と比べるまでもなく、鉄道ほど安全で経済的な乗り物はない。

これから先、化石燃料の減少と共に飛行機や自動車は大きく形態を変えていくだろう。しかし鉄道は基本的な構造は現在と大差ないかたちで運行されていくはずだ。つまり、鉄道はそれだけ普遍的な乗り物だということになる。

柄にもなく大上段に構えてしまった。言いたいことはなにかというと、きみは息子と一緒に心ゆくまで電車に乗ってくれということだ。

ぼくには子どもがいない。これはウソじゃない。話すと長くなるので、理由は好きに穿鑿してほしい。とにかく、ぼくには子どもがいないので、電車のなかで楽しそうにしている父子の姿を見ると感激してしまう。ぼくの目にかなう親子はめったにいないけれど、半年に一度くらい、今どきよくこんな父親と息子がいるもんだといったひとたちを見かけることがある。

きっと、家でも公園でも仲良くしているんだろうが、電車のなかでこそ父子の関係が試されると、ぼくは思っている。子どもは一歳でも二歳でも三歳でもいい。幼くたって、家族ではないひとたちもいる空間にいることを感じているはずだからね。

電車は楽しい。車窓を景色が流れてゆくし、軽快な振動が子どもを愉快にさせる。でも、乗っているうちに退屈になってくる。眠ってしまえばいいが、ぐずりだしたときに、わが子をやさしく見守ってきた父親のまなざしに、人前なのだからしっかりしなさいという厳しさが兆す。すると、日ごろのやさしさを十分に知る息子が父親の変化を敏感に感じ取り、幼いながらに自分を正そうとする。

そんな光景を、ぼくはこれまで何度か見てきた。ぼくも、そんな信頼と愛情によって育てられたかったと、心底うらやましかった。

きみときみの息子が一緒に電車に乗っているところを想像しただけで気持ちがあたたかくなる。いつか、同じ車両に乗り合わせてみたいものだ。旅をする鉄童の姿は目撃できなかったが、今は同じ関西にいるのだし、幸せな偶然がぼくたちを遭遇させてくれることだろう。

声をかけるかどうかは、そのときに決めたい。自分があんまり落ちぶれていたら、さすがに声をかけづらいからね。大丈夫、ぼくは上手くやってみせる。だって、ぼくも鉄童の友人なんだから。〉

その先で、土岐田さんは別れの挨拶を述べていた。今いる六甲山麓の別邸は近々引き払い、「鉄道の友社」が入っている心斎橋筋の雑居ビルの一室も手放すとのことだった。ただし、鉄道関係の資料は散逸させずに保管しておくという。

手紙のこのくだりは、何度読んでも、涙をさそわれた。厄介な性格の持ち主ではあるけれど、優れた人物と出会えたことを喜ぶべきなのだし、土岐田さんにしてみれば、わたしに心配されるほど落ちぶれてはいないと言いたいだろう。しかし、心配は心配だった。

　そのとき、座席のテーブルにおいていた携帯電話にメールが届いた。友紀子からで、開封すると陣痛が始まったという。

「せやから、新大阪駅からまっすぐ病院にきてな。大丈夫、ほんの少し痛むだけで、生まれるのはまだまだ先やから」

　新幹線はトンネルに入り、まもなく新神戸駅に到着するところだった。六甲山はすぐそこだ。わたしは土岐田さんに向けて頭をさげた。そして、座席にすわり直してから、胸のうちで息子に呼びかけた。

「さあ、生まれておいで。おとうさんとおかあさんが大切に育ててあげる。そして、一緒に電車に乗ろう！」

解説

梯《かけはし》　久美子
（ノンフィクション作家）

　JR吾妻《あがつま》線の大前《おおまえ》駅で知り合った四十代くらいの女性と話し込んだことがある。すらりとした長身にまっすぐな黒髪の美女だったが、もうすぐ国内の鉄道の全路線完乗を達成すると聞いて驚いた。筋金入りの「乗り鉄」だったのである。

　吾妻線には湘南《しょうなん》カラーと呼ばれるオレンジとグリーンに塗り分けられた国鉄時代の車両がまだ走っている。私は鉄道雑誌に書く旅行記の取材をかねて、ノスタルジーをかきたてるその車両（ドアは手動である）に乗りに来たのだが、彼女も同じ目的でやって来たという。

　大前駅は関東最西端の鉄道駅で、どこにもつながることのない終端駅だ。吾妻線はもともと、ここからさらに西進して長野県の豊野《との》駅まで至る予定だったのだが、結局それは実現せず、ここで行き止まりになったのである。

　途切れた線路の先でススキの穂が風に揺れていた。折り返しの電車が発車するまでには四十分もある。山に囲まれた静かなホームで「乗り鉄美女」（実は主婦だという）と話をした。彼女が鉄道好きになったきっかけは、小学校一年生の冬休み、伯父《お じ》夫婦に連れられて九州の親戚の家までブルートレイン「みずほ」で旅をしたことだという。

鉄道好きには、子供のころの体験が影響しているという人が多い。かくいう私も、五歳のときに父の転勤で熊本《くまもと》から札幌《さっぽろ》まで引っ越したとき、家族で全行程を鉄路で移動したことが、現在に至る鉄道愛の原点になっている。新幹線にも寝台車にも、そのときはじめて乗った。レールから伝わってくる音や振動も、車窓を流れる景色も、幸福な記憶として心に焼きついたのだろう。いまでも鉄道に乗って旅に出ると、ストレスをみんな忘れてはればれとした気持ちになる。

本書の主人公も同じである。彼には五歳より前の記憶がない。だが、鉄道を愛する心は、ある出来事を境にそれまでの自分を忘れてしまってからも変わらなかった。彼にとって鉄道は、過去と現在をつなぐ糸であり、列車に乗ったときの弾む心は、いまここにいる自分が、思い出すことのできない過去の自分と、確かにつながっていることの証しなのだ。

物語は、五歳だったころの主人公の記憶から始まる。

電車の音で眠りから覚めると、そこは病室だった。身体のあちこちが痛む。看護婦さんに名前を聞かれるが、答えることができない。両親の名前も思い出せない。不安におそわれる「わたし」の耳に、ガタンゴトンという音が聞こえる。近くを線路が通っているのだ。身体が小刻みに揺れる。するとなぜか、「わたし」の気持ちは静まっていく――。

その後、五歳までの記憶を欠いたまま養護施設で育った「わたし」は、ある段ボール箱を偶然開けたことによって、自分が何者だったかを知る。そして、幼いころの自分を知る人たちに会いにいくことを決心するのだ。

ミステリアスな幕開けである。主人公は何者なのか。鉄道が彼の人生にどう関係しているのか。やがてゆっくりと物語は動き始め、謎がほどけてゆく。その過程で主人公は、過去の自分と出会うことになる。記憶を失う前の「わたし」。それは、「鉄童《てつどう》」と呼ばれた不思議な少年だった。

過去を知った「わたし」がまず会いに行くのは、百合子《ゆりこ》さんという女性である。彼女は三十年ほど前、函館《はこだて》から青森《あおもり》に向かう青函《せいかん》連絡船の中で、半ズボンで坊ちゃん刈りの幼い男の子に出会ったと話す。親や保護者らしき人の姿はなく、どうやら一人で旅をしているようだった。

連絡船は青森に着き、行きがかり上、彼女は弘前《ひろさき》の実家に男の子をつれて帰る。

驚くかと思った両親は、なぜかごく自然に彼を迎える。そして翌朝目覚めると、男の子は消えていた。まるで座敷わらしのように……。

いったいなぜ五歳の子供が一人で連絡船に乗っていたのか。いきなり家につれてこられた子供を、百合子さんの親があっさり受け入れたのはどうしてか。そして、座敷わらしのように消えた男の子は、そのあとどこへ行ったのか。

その謎が一気に解けていく中盤以降は、意外な展開に、ページをめくる手がとまらなくなる。そうなのか、そういうわけだったのか……！　とつぶやきながら、私は心のなかで泣いていた。少年がたどった数奇な運命と、彼とつかのま出会った人たちのあたたかさ、そして鉄道が彼に与えてくれたなぐさめの深さに。

作者の佐川光晴さんが本書で描いたのは、もうすぐ父親になろうとしている青年の、失われた過去をめぐる探索の旅である。彼の記憶を奪ったのは、幼い身には大きすぎる心の傷だった。けれども、自分がかつて北海道から関東まで鉄道の旅をし、たくさんの見知らぬ人から親身な世話を受けたことは彼の心身にきざまれ、消えることがなかった。だから記憶が消えても、鉄道を愛する心は失われなかったのだ。

そんな主人公の旅に同行しているうちに、読者は気づかされる。鉄道の旅とは、地面の上を水平方向に移動する物理的な旅であると同時に、過去に向かって垂直に時間をさかのぼる、心の旅でもあることに。

レールは変わることなくそこにあり、その上を走る人間は歳をかさねていく。子供は大人になり、大人は老人となる。生者はいつか死者となるが、その死者は、なつかしい列車の振動とともに、幸福な記憶として残された人の胸によみがえるのである。

大人になった主人公はＪＲ西日本で働いている。車体や台車にキズやヒビが入っていないかどうかを専用の器材や特殊な薬品を使って調べる、非破壊検査技師という職業についているのだ。定期検査や修理を終えた車両は、この非破壊検査技師のチェックを経なければ乗客を乗せて運行することができないのだという。

こういう職業があることを、私は本書を読むまで知らなかった。この小説は、鉄道の安全な運行のために、私たちの知らないところでいかに多くの人たちが汗を流し、心を尽くして働いているかをさりげなく教えてくれる。佐川さんのこれまでの作品がみなそうであるように、地道に働く人々のたしかな人生の手ざわりが、物語を背後からしっかりと支えているのだ。

物語は各章ごとに鉄道と深くかかわりながら進んでいく。二〇一〇年に引退してしまった、オレンジ色の中央線快速電車２０１系、運転席にくっついて二人がけの席があり、フロントガラス越しに景色が見られる東海道線211系、乗客が自分でボタンを押してドアを開閉する相模線《さがみ》……。

鉄道ファンなら思わず頬がゆるむが、そこで語られるのは、単なるうんちくではない。車両という小さな箱の中で、流れていく景色を背景に繰り広げられる、ささやかだが胸を打つドラマである。

本書には佐川さんの小説にはめずらしくミステリーの要素があり、またファンタジックな側面もあるが、一方でいつもの佐川さんらしく、地に足の着いたリアリティと生活感があり、成長小説、職業小説としても読むことができる。

そこに鉄道が大きくかかわってくるのが私のような鉄道ファンにはたまらないのだが、とくに鉄道好きというわけではない人にとっても、主人公とともに電車に乗って旅をしながら謎を解いていく過程は、ワクワクしたり、しんみりしたり、涙したりしながら、やがては自分自身の過去と未来に思いをはせる、特別な読書体験となるに違いない。

さりげなく主人公に寄り添う妻や、雑誌『鉄道の友』（こんな鉄道雑誌が本当にあったらいいのに！）にかかわる人々など、脇役も魅力的だ。とりわけ私が心をひかれたのは、五歳の主人公が出会った、国鉄時代の東室蘭駅《ひがしむろらん》（室蘭本線）の駅長である。

彼がこの物語のなかで果たす重要な役割については、未読の人のためにここではあえてふれないが、身寄りのない少年に「鉄童」と名づけ、その能力と勇気を信じて見守った、彼をはじめとする国鉄職員たちの優しさと心意気には胸を打たれた。

私も国鉄時代の北海道で育っているので、町と町が遠く離れ、冬には雪に閉ざされる土地での鉄道のありがたさと、駅が与えてくれるなんともいえない安心感は身にしみて知っている。本書は国鉄時代に確かにあった、鉄道マンと地域の人々や旅人たちとのつながりを思い出させてくれる。

封印されていた主人公の過去は過酷なものだったが、同時に祝福されたものでもあった。その祝福を与えてくれたのは神様ではなく、たまたま彼と出会った人たちだった。見て見ぬふりをして通り過ぎてもかまわないはずの見知らぬ子供を、気遣い、いつくしみ、信じてくれた何人もの大人たち。

きっと現実にも、こんな人たちはいる。自分の仕事に当たり前に打ち込み、日々を大切に生きている、普通の人たち。そういう人たちを描かせたら、やっぱり佐川さんはピカイチだ。

本書の読後感が希望に満ちてあたたかいのは、不運も傷も悲しみもみんなひっくるめて、「生きる」というそのことを肯定する作者のまなざしが作品をつらぬいているからだ。光のさす方向にむかって、そっと読者の背中を押してくれる——これはそんな小説である。

二〇一四年二月　実業之日本社刊（『鉄童の旅』を改題）
文庫化にあたり、加筆・修正を行ないました。
本作品はフィクションであり、実在の組織や個人とは一切関係ありません。
（編集部）

実業之日本社文庫 さ61

鉄道少年《てつどうしょうねん》

2017年4月15日　初版第1刷発行

著　者　佐川光晴《さがわみつはる》

発行者　岩野裕一
発行所　株式会社実業之日本社
〒153-0044　東京都目黒区大橋 1-5-1
クロスエアタワー 8 階
電話 [編集]03(6809)0473 [販売]03(6809)0495
ホームページ　http://www.j-n.co.jp/
印刷所　大日本印刷株式会社
製本所　大日本印刷株式会社

フォーマットデザイン　鈴木正道(Suzuki Design)

ISBN978-4-408-55352-8（第二文芸）